【津軽塗】

帯飾り（右上２点：唐塗）（中央上から７点：唐塗）

ストラップ（上から唐塗、唐塗、ななこ塗、ななこ塗、ななこ塗、ななこ塗）

帯留め（中央上から時計回りにななこ塗、ななこ塗、ななこ塗、ななこ塗、唐塗、ななこ塗）

扇子（唐塗）、鏡（ななこ塗）

かんざし（中央上から時計回りに唐塗、ななこ塗、唐塗、唐塗、唐塗、ななこ塗、紋紗塗、ななこ塗、紋紗塗、唐塗、唐塗、紋紗塗、ななこ塗、ななこ塗）

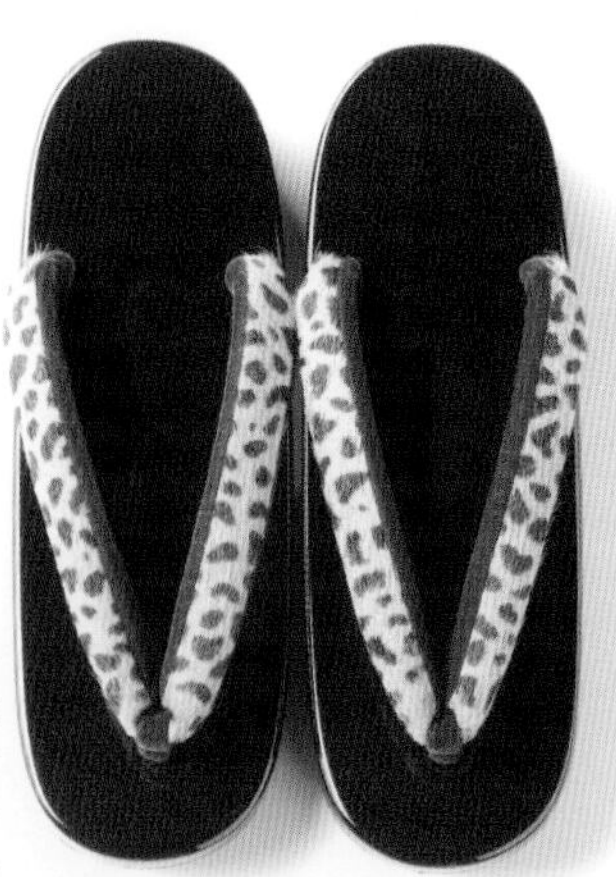

下駄（ななこ塗）

下駄（唐塗）

絵写真提供：青森県地域産業課

新版ジャパン・ディグニティ

物心ついたときから当たり前のように漆《うるし》は毎日の生活の中にあった。漆が好きだとか、嫌いだとかそんなことは考えたこともなかった。私が子どもの頃はうちの仕事も今よりずっと忙しかったから、小学二年生の春には、頼まれもしないのに工房を手伝っていた。学校から帰って手を洗い、おやつを食べたらすぐ服を着替えて、工房に入って父の横に座った。

そういえばこんなことがあった。学校で先生に怒られ、帰宅後、いつものように工房で椀の下塗を手伝っていたら、職員室で先生に言われたあの意地悪な言葉を思い出してしまい、思わずしくしく泣き出してしまったときのことだ。

イライラしたり、心が震えていたり、ざわざわしているときは工房さ、入るな。そっただごどで、塗られだんでやぁ、いいもんはでぎね。気持ぢっこ落ぢ着いだらまだやれ。

刷毛の動きは不安も怒りも悲しさも全て読み取って冷徹に表現してしまう。

父は私が下地を塗った椀を、横にどけた。

父が塗った津軽塗《つがるぬり》の椀が棚に並んでいる。出荷を待つばかりの完成品は、気高さと吸い込まれるような深みと、眠気を誘うようなまろやかな艶を備えている。椀一つ一つに、落ち着いた静けさと、ぬくもりがある。椀や重などの食事に使うものは、父が最も心血注ぐ類だ。

――心のこもった料理を器が台無しにするわけにいかない。器は引き立て役であって、決して足を引っ張るものであってはならない――

――食は人を作るものだ。一食一食が命を繋ぐものだ。大事な食事のために器も一役買うのだ――

津軽塗の特徴は、凹凸をつけ、漆を幾重にも塗り重ねていって、研ぎ出して模様を浮き上がらせるというところにある。

――時間を塗り重ねていって、研いで過去を炙り出すものだ――

椀や下駄になる木地《きじ》を整え、布着《ぬのき》せをして補強し、余分な布を切り落とし地漆《じうるし》を付け、研ぐ。下地が終わったら仕掛《しかけ》漆の調合をして、模様となる仕掛漆を器物の表面に乗せていき、一度凝固させる。その上から漆を塗り、彩色《さいしき》、妻塗《つまぬり》、上《あ》げ塗。その後、塗りと研ぎを繰り返していく。

一回塗るごとに最低六時間、仕掛漆の場合は十日ほど乾燥させるのにかかる。

一日二工程が限界だ。

漆は、塗りは速く、乾かすのはゆっくり、が基本だ。

――漆の美しさは、時間が作ると言っても過言ではない。焦って早く出荷したものはそれなりだ――と言って、父はそれを許さない。適温適湿で凝固させた漆は硬くなり、強度が増し、より丈夫にもなる。焦りは禁物。ゆっくりゆっくり。

――漆には優雅に時間を食わせる――

普通は出来上がって三ヶ月ほどで出荷するのだが、父は半年手元に置く。そうして漆が落ち着くのを待つのだ。お客さんに渡してからじゃもう、遅い。半年のうちにわずかな瑕疵《かし》が見つかる場合があるし、完璧に乾かさないとカブレる人もいるからだ。けれど漆は乾いてしまえばカブレることは決してない。

三ヶ月で出せるものを、半年で出したのでは間尺《ましゃく》に合わないだろうと、職人仲間からは嘲笑されているが、父は決してこのスタイルを変えない。私たちはだから、いつまで経ってもうだつが上がらなくて貧乏なままなんだけど。

天然ポリマーの漆は、赤ちゃんが齧《かじ》っても安心だ。そんじょそこらの石油塗料を使ったのとはモノが違う、と父は自負していた。

今では信じられないことだが、あの頃、工房で仕事をしている父はとにかく怖くて厳しかった。

朝日が顔を出し始めた五時に起きる。寝癖をつけたまま朝食を作って、それから顔を洗ったり歯を磨いたりする。寝癖は直さない。だって、今日はパートが休みだし、どうせ工房の手伝いのためにバンダナを巻くんだもの。

妹のユウには「あんた女捨ててるわね」とくさされる。二十二歳の、おしゃれが一番効果を上げるときに寝癖を直さず、擦り切れ伸びきり、漆で汚れたトレパンを身に着ける私は、ユウの目にはツチノコよりも得体の知れない生物に映るらしい。

ただ、こいつは自分のことを棚に上げていると思う。なにしろこの子は戸籍上、長男なのだから。

「大体、そのトレパンってなんなのよ」

ユウは新色を分厚く塗った唇を尖らせる。

「なんなのって、中学校のときのじゃん、あんただって着たでしょ」

「着るわけないでしょそんな煮過ぎた小豆みたいな色！　なにその両脇に三本入ってる白い線はっ、どういうつもりでそんな線を入れるのかしら」

「あんたの言うオサレじゃないの？」

適当にやり過ごしながら、目玉焼きの具合を見る。パチパチと油が跳ね、いいにおいがしてきた。

ユウは煮過ぎた小豆が腐って糸を引いたものに鼻を突っ込んでしまったかのような顔をした。

「アタシもう寝るわ」

ハエを払う素振りをして、ユウは私の部屋の隣に引っ込んだ。徹夜だったらしい。

「おやすみなさい」

スズメが鳴いている。


朝食の支度を終えた六時になると、防災無線からラジオ体操が流れてきて、私は庭に出る。父がいつの間にか隣に並んで、一緒に体操だ。

いつも、初っ端の足を蟹股《がにまた》に曲げて腕を大きく振る、という部分で体がぐらつく。腕を広げるのと、膝を開くタイミングがずれる。リズム感がまったくないので、目下の目標はこの部分をぐらつかずに、ずれないようにやり切ることだ。それと、架空のバケツを持った両腕を伸ばしたまま上体を大きく回す、というところで、酔わないようになりたい。

幾多の困難を乗り越え体操を終えると、ほどよく体が伸びて、軽くなっている。

朝食を食べ、工房に入って掃除だ。昨夜も天井から床まで徹底的に掃除していたが、なにしろ小屋なので小さな塵は入ってくるし、羽アリだの、スズムシだのがどこからか侵入してひっくり返ったりしているので、再び念入りに掃除をする。

空気が洗われたところで座禅を組む。薄目を開け、下腹を意識して深く呼吸する。心を無にする、というが、私はどうしてもあれこれ考えてしまう。今夜は七チャンネルで芸人のトーク番組があるなとか、特売は牛乳と卵だった、ついでにサバ缶も買ってこようとか、夕飯はなんにしよう、つるむらさきを茹でたやつがそろそろ奇妙なぬめりを発し始めてるから、あれ食べきってしまわなきゃとか。

自分の使う刷毛に灯油をつけてしごき、毛先を調《ととの》える。

父は父で自分の道具の手入れをする。道具に関しては、手伝い役の私に任せることもないし、また、たとえ親子でも貸し借りはしない。他人がいじると、せっかく自分の手に馴染んだ道具が、とたんに使い物にならなくなるからだ。

それが終わればいよいよ仕事に取り掛かる。父は塗りに入り、私は下処理。

塗った漆器を乾かす漆風呂の湿度と温度をチェックして、湿度が八十五％、温度が二十五度を保つようにする。霧吹きで湿らせたり、濡らしたタオルを取り替えたり、電熱器の温度を上げ下げする。津軽塗は普通の漆塗より厚塗りなので、乾かすほうにより神経を使う。唐《から》塗《ぬり》であれば二十回、ななこ塗なら十回ほど、と何度も塗る。

生漆《きうるし》を丼に移して電熱器を当て、ヘラでかき回しながら水分を飛ばす。こうしてくろめていくと、とろみが強くなり、ヘラが重たくなってくる。

漆があめ色になったら出来上がり。

次に彩色のための色漆《いろうるし》を作る。秤《はかり》の上で顔料を漆に混ぜ、乳鉢《にゅうばち》で粘りが出るまで一時間ほど練る。

腕がだるい。ハンドミキサーで撹拌《かくはん》するのを夢想し、余計に疲弊する。

工房には練る音と、漆器を研ぐ音しかなくなる。


頭の中で、あのおばさんはいまだ怒鳴り続けていた。文句はだんだん過激になり、私は人格を否定されてぼろぼろと崩れていく。お一人様一つまでの特売卵を二パックお持ちになったため、声をかけたのだ。

「二人来てるってへってらべな。ほれ、そごさ居だべなっ」

血走る目を吊り上げたそのお客様は、風を切って駐車場を指した。

「んなのまなぐ玉《あんた》ぁ、何のためについでらの⁉　バガでねがべが」

彼女は的確に私を攻撃してきた。私の頭は真っ白になり、体は凍りつく。心臓だけがどっどっど、と槌《つち》で打たれるように激しく拍動し、体を砕こうとする。

わはお客様なんだ、お客様は神様なんだ、んなは誰のおがげでままば食っていられるづのだ、わのおかげでねえが、わがってらのが。

声を荒げる五十代半ばと思しき女性のお客様は、二重顎を震わせた。

頭を下げて、気分を害してしまったことを詫びたが、収まる気配はなく、店長が駆けつけてさらに謝った。

その後、事務室で店長に事情を聞かれ、「とにかくトラブルは避けるように」と釘を刺された。

「ほかの店員だって、みんなうまく処理してるんだから。あんたのレジはいつもトラブルが多いよね。それは青木さんに原因があるんじゃないの？　このままこういったことが続くと、ちょっとうちとしても考えなきゃならないよ」

いくら頭の鈍い私でも、店長が言わんとしていることはわかった。私に言ってほしいことはわかった。

退職――。

しかし、私はその二文字すら口に出せないほど頭も体もカチカチになっていた。指がつららのように冷たい。震えが止まらなかった。

更衣室に行くと、先にシフトを上がったレジ係が楽しそうに話していた。

「お疲れさまです」

私は彼女らにボソボソと挨拶した。店のスローガンである「明るく挨拶」どころか、声が震えないようにするので精一杯だ。

光がろくに届かないところにある自分のロッカーの前で着替えを始めた。

「迷惑だよね」

小声ではあったがはっきり聞こえた。ブラウスのボタンを外す手がつい止まる。

立ち聞きはよくない、と自分を戒《いまし》め、手を動かし始める。

「客と毎日トラブってさ」

「あの人が来てから、ああいうごり押しの客が増えたよね。一人一つのもんたくさん持ってきてさ、いけしゃあしゃあと買っていこうとすんの。いちいち説明して断るの面倒くさいし、マジ気分悪い」

ああ、これは私に聞かせるために言っているのだ、とようやく気づいた。

ここで謝ったほうがいいんだろうか。それとも、謝ったら聞き耳立てていたのねこの恥知らずと罵倒《ばとう》されるのだろうか。

完全に手は止まり、息もまた詰まっていた。

「なんかいっつもおろおろして、見ててむかつくよね。いらっとくる」

「あーわかるー。この仕事向いてないよねあの人」

逃げ出したいのに、足が動かない。身がすくむ。よくマンガやドラマだと、だっと逃げ出すシーンがあるが、私には到底無理だ。

私は結局彼女たちが言いたい放題私をくさすのを、余すことなく聞き終え、彼女らが飽きて、話が秋物バーゲンの移り、出て行くまで、上から二番目のボタンを外したきりバカ丸出しで突っ立っていた。

ボタン、取れそう……。

顔を上向けると、蛍光灯がチカチカと瞬《また》いている。

もうすぐ切れる――。

帰りにはいつも、夕飯の買い物をしていくのだが、今日はその気力すらなく、裏口からこそこそと帰ってきた。

落ちこんだときは何もする気になれない。体が土囊《どのう》のように重たい。風呂に湯を溜め、体を深々と沈めた。

これまでに何度も落ちこんできた。そりゃあ、星の数ほど、落ちこんできた。そのたびに、人生訓とか気分の切り替え方法、考え方のコツとかポジティブシンキングの類の本を読みあさったが、使えたのは一つもない。落ちこんで心がべっこり凹んでいるときは本の文句すら思い出さないし、本を読んでも説教じみた文言に追いうちを掛けられるだけで、ますますどつぼにはまり込んでいってしまうのがオチだった。

それらの本から学んだ唯一のこと。いくら読んでも、所詮《しょせん》他人の言葉は身につかないってこと。

結局、自分でなんとか方法を見つけて折り合いをつけていかなきゃならないのかなあ、とぼんやり考える。

風呂は私を癒し守ってくれる。勇気づけはしないけれど、愚痴を聞いて同情してくれる。そう信じる。

湯には私の中の氷が溶け出ていく、そう信じる。

スズムシやコオロギの声に耳を澄ませる。

ひた、ひた、と涙が湯を打った。

爪に入った漆をほじくる。レジをやっても漆を塗っても、何一つまともにできない。漆なんて物心ついた時にはいじくっていたのに……。

何もかも嫌になってお湯に顔を伏せたとき、すりガラスのドアがノックされた。はっとした拍子に大きな水しぶきを上げる。

顔を巡らすと、ひょろりとした人影が映っていた。

「おねえ、まだ入ってるのー？　早く上がってよ」

太い声が焦れている。

「何よあんた、先に入ったんでしょ？」

「入ったけどぉ、アタシこれからデートなのよう。また入りたいの」

「もー、こっちは一日中働いて」一日中叱られて「疲れてんだから」

「あらっアタシだって一日中ずーっと働いてんのよ、同じでしょっ」

あんたはパソコンの前にずーっと座ってるだけじゃん。誰にも叱られず、怒鳴られず悪口を言われず敵意を向けられず、ずーっと座って顔にゲルマニウムのコロコロ掛けながら上下する数字を見つめてるだけじゃん。

軋《きし》み音を上げ、扉が開いた。ショートの金髪にヘアバンドをした不機嫌な顔が覗いてくる。

「早くしてってば！　おねえはいつも長いのよ。そんなに長く湯に浸かっちゃってると皮脂がどんどん抜けていって皺《しわ》だらけのババアになるわよ」

おねえ、おねえって、お前だってオネエだろうが。

ため息をついて、湯から出た。元弟現妹は姉の裸をまるで意に介さない。女の裸はつまらないのだそうだ。特に「おねえのは腹と胸が逆転していて目がおかしくなってくる」。

それじゃあ男の裸はどうなのだ、と口を尖《とが》らせると、滑稽なのだという。

「アタシ、人間の裸って基本、ナサケナイと思うのよね」

こき下ろすユウが高く評価しているのが、ヒョウだ、あのサバンナの。

部屋はヒョウ柄で統一されていて、「あんたの格好こそ、目がおかしくなる」とヒョウ柄スパッツや──「今時スパッツって何よレギンスってゆってよ何スパッツって。ありえないよそで絶対言わないでよこっぱずかしい」口にするだに気色悪いと震えてみせる。なによう、町唯一の衣料品店松屋にはスパッツって表示が大きくあるのに。しかも『今流行モード』ってわざわざ朱墨《しゅぼく》で書かれてあるのに。松屋の二階は年中うんぺいが売られてるのに。おばあちゃんのサロンなのに──ヒョウ柄ミニスカート、ヒョウ柄ジャケットのユウを前にチカチカする目を揉んで批判すると、あの子は、アタシがクマ好きじゃなくてよかったと思いなさい、とツンと威張った。彼女のヒョウ好きはさも私のためであるかのように、恩着せがましく。

「クマ好きだったらベストもクマ皮で、あんたそれじゃあ、アタシ、まるっきりマタギだわよ」

一人で大ウケしていた。

弟が、いや、妹がマタギ……。オカマとどっちがいいか判断つきかね、やっぱり私はまぶたを揉んだのだ。

風呂から上がったとき、居間は真っ暗なままだった。父はまだ工房で根《こん》を詰めているらしい。

カーテンを閉め、電気をつける。ご飯を作る気力もないが、父の酒の肴くらいは、と台所に立つ。冷蔵庫を覗くと豆腐と卵、糸コンくらいしかない。

「いやあ、これ相当地味だわぁ……」

豆腐をレンジで水切りしている間に、干してあるにんにくをみじん切りにして、味噌と炒め、そこに豆腐と卵と糸コンを加える。もう一品は、豆腐に削り節と庭からむしって千切りにしたシソを散らした冷奴。

盛り付けるのは自家製漆器だ。自分たちで使って何年耐えられるか確かめるためだ。今使っている小鉢や椀、皿は父曰く、三十年目とのこと。使えば使うほど色が変わるから、まず飽きることもない。

　出来上がった夕飯を見て、まあいいか、と自分を納得させる。

　それから仕事に持って行った弁当箱代わりのタッパーを洗う。大きいサイズのタッパーのときはご飯とおかずが一緒に詰められているが、今日は小さめのタッパーだったので、おにぎりを添えてくれていた。母のおにぎりは野球ボール大で真っ黒だ。包んであるアルミホイルを剥がすと海苔の香りが濃く立ち上る。そこにしみじみとした豊かさを感じる。厚い海苔がしっとりして噛み切るときに伸びてようやく引きちぎれる。具は梅干しと味噌大根。

　洗い終わった弁当箱を、門柱に括り付けた父手作りの郵便受け――リンゴ箱を半分に切って漆を軽く塗っただけの巨大な上ぶた付きの箱――に入れたら、先に入っていたユウのとぶつかる音が返ってきた。

　きびすを返し、踏み石を二つ戻ったところで、西側の工房に顔を向けた。

　父にご飯だよ、と声を掛けようか。

　板塀の隙間から煌々《こうこう》と光が漏れている粗末な小屋へ歩み寄ったものの、やっぱりやめた。

　今日は仕上げの上塗《うわぬり》の日だった。

　小屋の内部は三つに分かれていて、引き戸を二枚開けてすぐが下地から艶上《つやあ》げまでする部屋。サッシで区切られた部屋が漆風呂。そして奥の三つ目の部屋が、二重扉に鍵のかかった機密性の高い上塗用の部屋だ。一般的に一つの工房で職人が下地から上塗まで一貫してこなすことはほとんどないが、うちは代々技術と道具が受け継がれているため、上塗をよそに頼むことはなく最後まで手をかける。

よそと違ってエアコンという最新設備のないここで、上塗の日を決めるのは天気だ。父は、空と天気予報を睨み、この日、と決めた日以外は決して塗らない。わずかな温度と湿度の差で、仕上がりに格段の差が出てしまうからだ。そのため、昨日塗ったのと今日塗ったのとでは色も艶も明らかに異なる。

上塗の日の工房内は苦手だ。空気が痛いのだ。

万一、小さな埃が付着してしまったら、それまでの莫大な時間があっという間に吹っ飛んでしまうので、父は合羽《かっぱ》を着て、ほとんど命懸けといってもいいほどの気迫で塗りに臨む。夏場なんかは窓を閉め切りクーラーもないそこで、裸になって塗っているほどだ。

そんなところへ持ってきてうっかり「ご飯だよ」と声を掛けようものなら、集中力を削《そ》がされたといってどやされる。

座椅子に座り、足を長《なが》めた。レジで立ちっぱなしの臑《すね》を押すと、凹んだまま戻らない。トイレにそうしょっちゅう行くわけにいかないから、仕事前も、最中も水は一滴も飲まないが、やっぱり浮腫《むく》む。冷えのせいもある。開けっ放しの冷蔵庫から冷気が溢れる店内では、夏場も暖房をつけるのが普通だと聞くが、うちの店長は「節電」を座右の銘にしており、数十分しか滞在しないお客様ですら「寒い」とこぼさせるほど徹底している。

あまりに冷えるため、手首の腱鞘炎《けんしょうえん》は治る様子がない。圧倒的な冷気を前にサポーターも屁の突っ張りにさえならないのだ。

「痛い……」

腫れ上がった右手首を揉んだりさすったりしてみる。風呂で温まれば少しはよくなるが、すぐに痛みはぶり返す。

いくらさすってもすぐには戻らない。

「凹むよなあ……」

そうだよ、凹むよ。なかなか戻らないよ。

居間の前をユウが通りすぎた。黒いミニスカートにヒョウ柄のタイツだ。早くも秋モードか……。

「何時に帰ってくんの？」

声をかけると、ユウが振り返った。デッキブラシのようなまつげにギョッとさせられる。

彼は人差し指と、ヒップアップに余念のない尻を突き出して振った。

「今日は、お・と・ま・りーん」

私は半眼になった。

父と鉢合わせしたくないユウはそそくさと出て行った。


畳をむしりつつカーテンの隙間から窓の外をぼんやり眺めていると、工房の明かりが消え、間もなく玄関が開いた。

父が廊下を摺《す》り足で渡り、台所へ入る。水を使い、戸棚を開《あ》け閉《た》てした後、グラスがぶつかる音とともに居間にやってきた。一日中胡坐《あぐら》をかいて作業しているので、まだ五十なのにもかかわらず、父の足は曲がり、膝《ひざ》がまっすぐ伸びることはない。大きく左右に揺れながら歩く。

「おう、帰ってらったが」

「うん」

焼酎の大型ボトルを脇に挟み、用意していた肴とコップを盆に載せていた。盆は父の手によるなこ塗。

晩酌セットをいそいそと食卓に据えた。テレビがつくと、とたんに慎ましい静寂は退いていった。

父は酒を注ぎ、冷奴にどぼどぼと勢いよくしょうゆをかける。母が嫌がるのはいろいろあったが、飲酒と、作った人の気持ちを顧みず、何にでもしょうゆをぶっかけるデリカシーのなさもあった。しかし、離婚に至った最大の原因は——。

父の指を見やる。漆が爪の間や際、皺に塗りこめられている。風呂に入ったってもう取れやしない。刺青《いれずみ》みたいなモンで、仮にどこかで野垂れ死んでも、この手を見たら一発で父だとわかるはずだ。


副業にしたら、とあの日、母は提案した。

去年の秋の夕食のときだった。

会社に勤めて、漆器作りはその合間にやったらいいじゃないか、と。

父は何を言っているのか、という心底意外そうな顔をした。

「漆塗ぁ片手間ではでぎね」

「んだら、はあ、漆塗ぁ趣味さして、会社員専門さなったらいがべな」

母が食い下がった。父は母の言うことがすぐには理解できないようだった。

「なあしてそったごど……今さなって……」

「なあしてって」

母が目くじらを立てた。

「一っつも売れねがべな。どうやって生活してぐつもりせ！」

「へだたって《そうはいっても》……」

混乱と母の剣幕に目を白黒させている。五十目前にして、いまさら一度もやったことのない宮仕えをしろと言われても当惑するだけだろう。第一、サラリーマンというものがどういうものなのか想像すらできないに違いない。会社というのがどういうもので、どういう人たちの集りなのか、父にとっては猫の集会と同じぐらい未知の世界らしかった。

「考えだごどもね」

臍《へそ》を曲げ、プイっと横を向いた。

「へば、今考えで」

母は追及追求の手を緩《ゆる》めない。目が血走っていた。本気だった。父はそのときも酒を片手にしていた。酒の表面が波立っている。

何へってら……。父が吐き捨てた。

「わは、津軽塗ばこさえで、そうやって生活してきたんだ。親父も爺さも、ずっとそうやって生ぎできたんだ」

「したがら、生活でぎねぐなって来たのよっ。じぇんこ《お金》ねえのよ！　見でみ、こりゃ。電気も水道も請求書きてらんで。今はわのパート代がら払ってらども、そのうぢ払えねぐなるべせ。節約たったって限度があるべさ。こいがら寒ぐなれんば灯油代もかがるし、屋根の雨漏りも直さねんばなんね。こったにだに隙間開いで家は傾いでるのさ、あんだは直すずごどもねぐ、『わぁ知らね』って面して酒ばし飲んで。枕元さ雪吹っかげでぇ、このまんまだば家ん中で凍死してまる。あんだ、わんつかでもそごんどご考えだごどあんのっ。自分のごどばっかしでねくて、わんつかでも家族のごども考えでけへ」

バシっと請求書で座卓を殴りつけた。父は尻をずらして体をテレビのほうへ向けた。

地方ニュースではどこそこの幼稚園のいもほり会の様子が流れている。夢中でいもを頬張る小さな子どもを挟んで若い両親が笑顔でインタビューに答えている。テレビの前の青木家では大きな子どもを挟んで、熟年夫婦が諍《いさか》いをしている。

父は面倒くさそうにガリガリと頭を掻いた。

「んだら、定期解約して払えばいがっきゃ」

投げやりな父の態度が母の血圧をさらに上げた。

「そぉゆうごどでね！　わあ、前がらへってらったべ。漆でままは食ってげねって。もう我慢なんね、えさ帰る！」

立ち上がると前掛けをむしりとって、足音高く居間を出て行った。

母の言う「え」は、実家のことだ。母の部屋から箪笥《たんす》を開けたり閉めたりする音や、歩き回る音が聞こえてきた。

父は酒を飲み続けた。私と目を合わせなかった。

父だって本気で定期を解約して光熱費に当てようなどという気はないはずだった。だってその金は工房の改修費用なんだから。父が漆より家計を重んじるなど、お釈迦様が飲酒運転する以上にあり得ないことなのだから。

私と父はテレビのいもほり会を熱心に見守り続けた。そうか今年は最高のできなのか。ほくほくしてて、甘いのか。蜜が染み出ているのか。この子はいも大好きなのか。持って帰るのか。ふかしいも、大学いも、天ぷら、ああようござんすねぇ。

体を強張《こわば》らせ、全身を耳にしていた。時間の経つのが遅く息苦しかった。

漂ってくる怒気に顔を向けると、スリッパの音が居間の前に戻ってきた。

旅行バッグを両手に提げた母が仁王立ちしていた。私が知る限り、その旅行バッグが使われたのは、はるか昔、町内会の旅行のとき一度きりだ。家族で旅行などということもなかった。

母は、呆然としている私をチラリと見た。一瞬その目にためらいが走った。それを振り払うように、父に憤怒の顔を向けた。

「家族さかげるじぇんこ《お金》はねえのさ、酒こさかげるじぇんこだげぁ、あんだなっ」

父は、勢いづいた母を一瞥《いちべつ》しただけで何の返事もしない。

母は足を踏み鳴らして玄関へ向かった。私は内心おろおろするばかりで体を動かせなかった。母に声をかけたかったが、その言葉すらも思いつかない。

玄関戸が引かれる音と重なって、「あっ」という母とユウの声が重なった。

戸が閉まり、十五年落ちのワゴン車のエンジンが荒々しく吹かされて遠ざかっていった。

ユウが居間にキョトンとした顔を出した。メイクをばっちり決めた彼女がその格好のまま父の前に立ったのはそれが初めてだった。

「どしたの、ママン」

私は父を刺激しないようにそっと立ち上がって、ユウに耳打ちした。なのに、このバカは、

「ええっ」と大げさに目を見開いて仰《の》け反《ぞ》った。

「離婚!?　てマジで？　あららついにって感じかしら」

父の前では絶対に女言葉は使わなかった彼女が、そんな気配りもぶっ飛んでしまったらしい。とたんに父の顔が険しくなる。

私は慌てて不吉なユウの言葉を打ち消そうとした。

「こらユウ、まだ離婚と決まったわけじゃ」

「どうすんの、パパ。ママンが出てっちゃって明日から誰がご飯作るの？　掃除は？　洗濯は？　アタシやーよ、パパのパンツ洗うなんて」

「さしね《うるさい》！」

父が左手で食卓を叩いた。

「なこそ、どうすんのせ、そのナリ！　目が痛ぇじゃっ」

怒鳴って父は、まぶたを揉む。確かに体のラインを強調するヒョウ柄のワンピースは、痛い。いろんな意味で。ユウは自分のセンスを理解できない父を痛ましげに見やって、「男のヒステリーってやあねえ」と皮肉ると、さらに怒鳴られる前にさっさと自分の部屋へ引っ込んだ。

「まったぐ、アレにかんて《あいつときたら》。男だのさなんだっきゃ《なんなんだ》」

父はぶつぶつ言いながらテレビに顔を向けた。グラスを放さない漆の染み込んだ手が悲しかった。

それから数日後、仕事から帰ると、珍しく父が居間にいた。

座卓に向かって何かを書いている。

「ただいま……」

声をかけるとびくりとして振り返った。その素の驚きっぷりに私までびっくりしてその場に立ちすくんでいると、父は両腕をさりげなく紙の上に置いた。隠しているつもりらしい。

離婚届だった。

「はえがったな」

父の声は狼狽《うろた》えていた。それでも本人的には、なんでもないことのように振舞っているつもりなんだろう。うん、と私は答えたが、お客さんが途切れるタイミングがなかったので、なかなかレジを抜けられずに残業になり、加えて買い物もしてきたから、早いどころかいつもより一時間も遅かった。

「なんか食べた？」

「いや、なんも」

「んだら、作るよ」

「ああ、頼むじゃ」

半額だったおでんのセットを火にかけ、秋刀魚《さんま》を焼く。古びた換気扇を回すより窓を開けたほうが早い。

黒い煙が夕暮れの空にたなびいていくのを目で追った。

母はあの縫製工場で働き続けているだろうか、と気になった。とうに亡くなった祖父母の家から毎日通っているんだろうか。

母の実家は古い農家なので家の中はいつも暗かった。黒光りする廊下や頑丈な梁《はり》は、私を畏れさせた。

空を渡っていくカラスが煤《すす》に見える。

一人で大丈夫かな。寂しくないかな。

——そんなことを、思った。


酒を三杯飲み干した後で、父は熱いため息をついた。

「実はな」

とん、とコップを置くと、両腿《もも》に拳を押し付けた。

「わんど、離婚すごになったへで」

頬が硬かった。プライドとか、情けなさとかなんかそういったものがにじみ出ていた。うん、わかってるよとは言えず、「ああ、そう……」とそっと返した。

私の返事に、父の体から空気が抜けて、突っ張っていた背が丸くなった。

酒を注いで、口元まで持っていって、ふと手を止め、口はつけずに食卓へ戻した。箸を取って、秋刀魚の身をほぐす。ちまちました作業をする父がみすぼらしく見えた。

持ち上げた身からしょうゆが、した、した、と皿に跳ねた。

「――なんが、しょっぺな」

「……んでしょう」

私は静かに同意した。


私が料理をするようになったのは、母が出て行ってからだ。

私がたどたどしく作ったものを、父はまずいと貶《けな》すことはなかった。ただ、何にでもしょうゆをかけることはやめない。

「どう？　おいしい？」

尋ねると、父は焼酎を啜りながら、うんともいいやともつかない、ただ反応はしてみました、的な、上の空丸出しの返事をする。

まあ、いいやと思う。まずけりゃ残すんだし。

洗濯も掃除もやれる範囲でやった。洗濯は溜めてから休みの日にいっぺんに洗ったし、見えるところだけ掃除機をかけた。隅のほうは白い綿ぼこりが溜まっていたが、見ないことにした。父もユウも何も言わなかった。

離婚届が送られてきた翌日から、新聞受けに二つの弁当が届けられるようになった。手紙も何も入っていなかったが、それは母からだとわかった。

弁当箱を立てても中身が崩れないほどぎゅうぎゅうに詰めるところや、弁当の中身がそれまでのと同じだったからだ。たまご焼きは定番で、ほかは鮭や、煮物、冷凍食品が入れ替わる。

弁当箱はピンクとブルーのタッパーだった。三つじゃないところに母の怒りとあてつけが感じられた。

ユウにブルーのタッパーを差し出しながら、父には黙っていようと釘を刺すと、喋ったって、パパはなんとも思わないわよ、と私の小心者由来の気の回しすぎを嗤《わら》った。

「アタシ、ピンクがいいわ」

「ほらっ」

ピンクを突き出す。

中身がおんなじなんだから、どっちだっていいじゃないの。

私たちは、縁側に座布団を並べて座ると、同時にふたを開けた。ユウと食事をするのは久しぶりだ。

ユウは早速たまご焼きを、ネイルの施された爪でつまむと、そのでかい口に放り込んだ。

「ああ〜、おいしひ〜、久しぶりのママンの味ぃ」

頬を押さえ、身をくねらせる。

「アタシ、ママンが出てっちゃって一番悲しいのが、ママンのご飯を二度と食べられなくなるってことだったのよね。ママンとは会えなくてもいいけど、ご飯とは別れたくなかったわけ」

「あんたそれ、口がそれ以上裂けても言っちゃだめだからね」

ユウは瞬く間にたまご焼きを平らげ、続いて鮭の切り身を二口で消した。

「あぁん、この塩加減と甘さが絶妙なのよーう。ジューシーな焼き具合サイコー。皮の焦がし方が職人だと思わない？」

私は職場で母の弁当を食べていたが、ユウの最後の弁当は高校時代だ。卒業し、デイトレーダーという横文字のなんだかわからないものを生業《なりわい》として、一日中家にいるようになると弁当はなくなった。

「お昼は何を食べてたの？」

「麺。でもアタシあんまりお昼は食べなかったからね。ママンは麺で、パパは片手で食べられるパンとかおにぎりだったみたいよ、ママンがよく小屋に運んでいたのを見たもの」

「ふーん」

「うちはさあ、たまご焼きってお弁当じゃないと食べられないでしょ？」

そうなのだ。なぜかたまご焼きは弁当にしか登場しなかった。

「だからアタシ、ママンのたまご焼きのために本気で就職考えたのよ」

面接で志望理由をたまご焼きのため、と張り切って答える大柄でヒョウ柄のオカマを思い描いた。

「おっかあにたまご焼き作ってってリクエストすりゃよかったじゃん」

「あらっそうよね。そうなのよね。アタシってばうっかりしてたわ」

ユウは拳骨《げんこつ》で自分の頭を突き、舌を出すという恥も外聞もない腐った仕草をした。

「ねえ、その鮭、食べないならちょうだい」

こっちの意向を斟酌《しんしゃく》することなくかっさらう抜け目のなさは、ヒョウというよりトンビだ。

「あんた、その爪って下品だよ。なんで、うんこが乗ってんの」

弁当をつつきながら、ユウの爪を一瞥する。

「んまっ。失礼ね。これのどこがうんこに見えるっての。ソフトクリームに決まってるじゃないの。おねえってばどこに目ん玉つけてんのっ」

「じゃあそのいぼは何の真似」

「いぼ!?　いぼってこれのこと!?」

自称ソフトクリームの隣の中指にはピンクの楕円形がデコられている。ビーズで縁取りされていてとても重そうだ。あれでよく一秒が死ぬほど大事だというエンターキーが叩けるものだ。

「マカロンでしょ!　マ・カ・ロ・ン」

マ・カ・ロ・ンに合わせて指を揃えた手の甲を突きつけてくる。

一体どうして、爪にうんこ……ソフトクリームだのマカロンだのをくっつけなきゃならないのだ。

「マカロンってさあ、おいしいの?」

「おいしいわよ。おねえ、食べたことないの?」

「ない」

スーパーじゃそんなの売ってない。写真では見たことがあるが、原色のお菓子はおいしそうには見えなかった。町のお菓子屋に並ぶようかんとか、べこもちのほうがずっとうまそうだ。

「ねえ、そのたまご焼き食べないの？　ちょうだい」

最後に食べようと取っておいたのは間違いだった。


ユウが中学校から男子校の高校に通っていたいわゆる思春期の頃は、私たち姉弟にあまり会話はなかった。ユウはなんだか、いつも鬱屈していて、話しかけにくい雰囲気をフレグランスの香りに乗せて発散していた。触れたら刺す、というような殺気が並々ならなかった。前髪で目を隠して、外界をシャットアウトしていた。そういう時期ってあるよね、と私は経験者の余裕を見せて、必要以上に狼狽えないように強がった。いずれ収まるだろう、また元のユウに戻るはずだ、と。

収まることは収まった。

別な方向に。

高校の卒業式当日、帰宅したユウはガーリーなワンピースを着ていた。

確か朝は制帽に学ランだったはずだ。

うっすらと髭を生やした弟は、買っちゃった、とその場でくるりと回ってスカートの裾をふわりと浮かせると、膝を内側に折りこんでポーズを決めた。

私はその場に凍りつき、母は真っ青になって口元を押さえて後ずさりし、父にいたっては——静かに卒倒した。

父はそれ以来、娘になった息子と目を合わせない。ユウも合わせない。お互いに避けている。ユウだって気に入られていないと——まあ、一般的な空気の読み方を知っている人間なら——察し、父の前ではスカートは穿かないようにし、家の中でも鉢合わせしないようにしている。

あの日からユウは、私に対して小学校以前の彼……彼女に戻った。性格にも明るさが戻り、まるで妹のようになついてきた。幼い頃、私のお下がりのオーバーオールを着て、キティちゃんの運動靴を履いてくっついてきたユウが甦った。

「たまご焼きのお礼」

ユウはひじきの煮物とプチトマトが残った弁当箱を差し出した。私はそれを受け取らないまま見下ろし、「あんた、前はバランをさあ、たまご焼きのお礼つって、くれたよね」とステキな思い出を白日の下に晒《さら》してやった。

ユウはふてぶてしくもキョトンとしている。

「ばらんってなに？」

「ビニールの葉っぱ」

「ああっ」

「ほかにもさ、ばあちゃんの葬式に出された折詰の刺身のつまとか。つまってわかる？　血で染まった大根のことだよ」

「よっく覚えてるわねえ、頭悪いくせに。執念深いのは損よ」

そうだよ、私はいつだって損ばかりしてるのよ。クレーマーだの、横柄な態度のオヤジだの、レジ係だと見ればバカにする高校生だのに遭遇するわ、ロッカーの上の蛍光灯は切れるし、トイレに入れば必ず紙が切れてるし（こっちがキレたいわ）、自動ドアは開かないし、それから急いでるときに限って近道が工事中で、信号はいつだって赤。

「おねえが食べないんなら捨てちゃおっと」

ユウが立ち上がった。

「待って！　もったいない、よこしなさい」

食べ物を、しかも母が作ってくれたものを捨てるなんて、なんて罰当たりな。

この子は食べ物を捨てるのに、何の罪悪感もない。二歳しか違わなくて、ほとんど同じ生活をしてきたのに私とは正反対だ。

ユウは、そうでしょそうでしょ、おねえはそう言うと思ったのよ、とほくそ笑んで弁当箱を押し付けた。

洗ったタッパーを新聞受けに入れておくと、次の朝には別なタッパーの弁当が入れられていた。

父は母の料理を食べたいとは思わないんだろうか。もし、食事に母の料理をそっと出したら気づくかな。


パートが休みの日はやたら早く目が覚める。四時はまだ真っ暗。新聞配達より早い。吉田のばっちゃとこの鶏より早い。

部屋の窓を開けて、ひんやりとした風を入れる。これから日に温められて世の中は目を覚ましていくのだ。

起き上がり、ベッドの上で肩を回し、背中や腿の裏を伸ばして、また仰向けになる。天井を見つめ、そっと目を閉じる。

腹から呼吸をする。

今日一日いいことしかないように思えてくる。その感覚が好きだ。

空気が綺麗だ。落ち葉の香りがする。虫は夜通し鳴いていたのだろうか、いまだ侘び鳴きが聞こえる。遠くの車の音が聞こえる。あ、吉田のばっちゃが、玄関戸を開けた。畑に出るんだろう。長靴のガフタラガフタラという音がする。

しばらく風に吹かれ、音を聞いて町の様子を想像する。それからベッドから出て、朝食の支度に取りかかる。

午前中から漆塗の手伝いをして、午後四時には父より先に上がって風呂掃除をし、夕飯の支度をする。


五時半、ご飯が炊けたので、工房に父を呼びに行こうとしたとき、玄関の外から声がかかった。

建て付けの悪い戸がギチギチと開いた。背の丸まった小さなおばあさんが風呂敷包みを抱えて立っていた。スカーフで頭を覆い、薄手のベージュのカーディガンを羽織っている。この辺りの家々は鍵を掛ける習慣もないし、たいていのお年寄りは自ら開けて入ってくるのが普通だ。

「おばんでがんす」

まだお晩には早いが、おばあさんはそう挨拶をして頭を下げた。

「あ、こんばんは……」

「こちら、漆塗屋さんだすか」

看板も出していないからわかりづらいんだろう。

父は看板を掲げるのは好きではないと言う。「人がいっぺ来たらどやすのさ」

人が来たほうがいいじゃないか。少なくてどうする。そういうところが母のカンに障るのだ。大体、そう心配するほど人は来やしないよ——。

「はい」

返事をしてから、それだけじゃあ、いくらなんでもぶっきらぼうだと気づいた。

「どうかされましたか？」

「修理もやってらんでしょうか」

おばあさんは心配そうに尋ねる。

「はい、やってますよ。漆器、壊れましたか？」

おばあさんはああいがったぁと、肩でため息をついた。

「実はこれなんだけんども」

その場で風呂敷包みを解こうとしたので、押しとどめた。

「玄関先じゃあれですから、どうぞ、上がってください」

「いや、そっただ……上がらせでもらうもんでもねし……」

「そうおっしゃらずに。どうぞどうぞ」

おばあさんはずいぶん遠慮したが、私は半ば強引に居間へ連れてきた。

座布団を差し出す。

「や、こんなに薄っぺらい座布団ですみません」

「なもなも。ありがっとうございますぅ」

おばあさんは座布団に座る前に、畳に手を突いて丁寧に頭を下げた。

お茶を出して、父の元へ走る。


「おっとう！」

父はタオルで鉢巻をして床の雑巾がけをしていた。

「おっとう、お客さん。修理だって」

「お客さんど？」

振り返った父は案外機嫌が良かった。湿度が高いと漆が乾きやすいからだろう。

「あとは私がやっとくから、早ぐ行って」

父の手を引っ張って立たせた。

父が家に入るのを見届けて、雑巾を洗い、棚を拭く。それから漆のついたヘラや刷毛を灯油で洗った。

いつも通りに片づけて、居間へ戻ると、話はついていた。おばあさんがすっかりリラックスした顔で冷めたお茶を飲んでいる。父が風呂敷包みを手に「へば《それじゃあ》」と挨拶もそこそこにそそくさと出て行くと、わざわざ座布団を外して、「よろしく頼みますぅ」と畳に手を突いて頭を下げられた。

「お話はうまくいきましたか？」

「ええ、はいはい。おかげさまで助かりました」

おばあさんが目を細めた。

「あのお椀じゃねんば、爺さが薬っこば飲まねんです。あれが『命の入れ物』だってへっていぇ」

「命の入れ物？」

「ええ、そんです」

おばあさんは頷《うなず》いた後、ふっくらとした腿の上に据えた手の甲をしきりにこすった。言いにくそうにしているのを無理に促すことはしない。

おばあさんがお茶を啜った。

しばらく時計の秒針を聞く。

「爺さは、ボゲでまって……。ほらアル……アルツなんどがへる病気らしいんども、まあ要するにボゲです」

「……ああ……」

どう返事をしたものか、私は内にこもった相槌を打った。

「お椀こさ薬っこばへれ《入れ》で、『命の入れ物さ《に》薬ば漬けでから』自分が飲むんです。それをしねば、命がねぐなるって、本気で思ってで。わぁが、なんぼそたごど《そんなこと》ねえよ、って教えでも、はあ、聞ぐもんだね《じゃない》。あんまりしつこぐ喋れんば、えへでまって《臍を曲げて》、口も利がねぐなるし、まんまもかねぐ《食べなく》なるんです」

おばあさんは湿ったため息をついた。スカーフからはみ出した、くもの糸のような数本の白い鬢《びん》が揺れた。

「それは……」

大変ですね、と簡単には声に乗せられなかった。

「あのぉ、あなた様と……」

「瀬戸でがんす」

「瀬戸様は旦那様と二人暮らしなんですか？」

「そんです」

瀬戸さんは頷いた。

「大事なお椀が、どうして修理に？」

「肝焼いだ爺さが、お椀ば投げで。柱の角こでじゃっくど傷入ってまったのせ」

「命の入れ物を投げたんですか」

目を見開くと、瀬戸さんはほっほっほと笑った。

「したばって、割れねがべ。爺さ、肝焼げで『潔ぐねっ』って」

私は苦笑いして頭を掻いた。

「まんつ、短腹な爺さで。カッとすると見境ねぐなるの。若ぇどぎなんちゃ、ほんにひどくて、わぁ、なんぼも殴られだり蹴られだりしたんだ」

「ええっそれはひどい……」

なのにどうして別れなかったんだろう。

私の顔色を読んだ瀬戸さんが先回りした。

「今から六十年も前のごって、その当時は三行半《みくだりはん》はなもかもめぐせごど《みっともない》であんした。出戻ったって実家さも入れでもらえねし、近所の目も厳しくて、蔑《さげす》まれだもんです。それに」

瀬戸さんは手の甲をぎゅうっぎゅうとこすって一息ついた。

「わぁ、爺さのごど、好ぎであったはで」

肩をすくめてはにかむ。乙女のように頬が赤く色づいた。

「爺さ、わぁば庇《かば》ってくれでだんだ。赤ん坊ができねで、姑に意地悪言われでも、打擲《ちようじやく》されでも、爺さはいづだって庇って、わの味方でいでけだおんだ。わぁ、心強がったねえ。ほんとに心強がったねし。へづねがったども、わぁが生ぎられだのは、爺さがいでけだおかげだ……」

瀬戸さんは胸の前で小さく手を合わせた。そのまま念仏でも唱え出しそうな雰囲気だったので、私は話題を変えるべく、口を挟んだ。

「どうしてそんなに怒ったんでしょう?」

瀬戸さんが首をすくめて手を口に当てた。

「ふふっ。めぐせ話《恥ずかしい》、わぁが、浮気ばしてらって思い込んでせ」

「ええっ」

肝をつぶして、思わず後ろ手を突いてしまった。瀬戸さんは純粋に嬉しそうにしている。

「爺さも、わのごど大事にしてけでるんだなあど思れば、やっぱり一緒ずに居てぇびょん。六十年も一緒ずにやってきたんだはんで、こいがら《から》も一緒に居て。だはんで《それだから》爺さの命の入れ物っこば、直してもらいてんで——。

瀬戸さんは顔を綻《ほころ》ばせる。

思わず、いいですねえ、と相槌を打っていた。瀬戸さんはふふふ、と身を捩《よじ》って照れた。

「あの椀こは、爺さが初めで買ってけだものなんであんす。結婚ばする前、逢い引ぎしたどぎに買ってけだんだ。今の人だぢがらすれんば、『なんて野暮ったいもんを』って思るがもしれねんども」

「そんなことないですよ」

「……あ、いや、漆塗屋さんさ、こたごどへって、どうも申し訳ございません」

瀬戸さんは慌てて深く頭を下げた。

「あ、そんな意味で言ったんじゃなかったんです。瀬戸さん、あの、顔を上げてください。あ、そうだ、お茶のお代わりをお持ちしますね」

へどもどしながら立ち上がりかけた私を、瀬戸さんは引き留めた。

「いやいや、はあ、じゅうぶんいただぎあんした。こりゃわぁも長居してまった。もすわげね。はあ、帰ります」

腰を上げる。

「あ、そんな。もっとゆっくりしていっても」

「いやいや、年寄りの話ば長々ど聞いでけで……お忙しいのさ」

「いえ、全然忙しくなんかないです。もっとゆっくりしていらっしゃってください。今お茶菓子をお持ち……」

「いえいえ、結構です。爺さんも待ってらはんで」

ああ、そうだった。二人暮らしでボケたお爺さんが留守番してるんだった。

「ありがとうございました」

瀬戸さんは再度、畳に額を擦りつけた。

「こ、こちらこそ、ありがとうございます」

お互いに頭を下げ合う居間の前を、ユウが怪訝な顔をして通りすぎていった。

玄関の外でお見送りした。

「お椀が直りましたら、ご連絡差し上げます。ご依頼、ありがとうございました」

「よろしくお願いします。楽しみに待ってます」

瀬戸さんは丁寧な礼をして、外履きらしきサンダルを引きずりながら去っていった。


お客さんが帰ると、台所で酒を飲んでいた父が一式を携え、居間に引っ越してきた。

父が座布団に腰を落ち着けたのを見計らって尋ねた。

「お椀、直りそう？」

「ん」

「深い傷だった？」

「ん」

父はほとんどテレビと酒に集中している。仕事とプライベートの切り替えは見事だが、これではやはり、母は面白くなかったろう。


今日は男性客にレジ袋有料のことで怒鳴られ、またクレーム対応がなってないと店長に苦言を呈され、買い物する気力もなく、そればかり考えて歩いていたから電柱にぶつかった。一日を思い出して、ろくでもないことばかりだったな、と暗澹《あんたん》たる気持ちで湯船に浸かっていると、またしてもすりガラスの向こうにユウが立った。

「おねえ」

「なによ、また？」

「そうじゃないけどぉ」

言い出しにくそうに身を捩っている。こんな気持ちのときに他人を思いやれる余裕はない。私は黙っていた。

「そんなに辛《つら》いなら辞めちゃえば？」

「――え？」

「レジ係、おねえには向かないんだよ」

「そんなこと」

「友達だっていないくらいの人がさ、人見知り激しい人がさ、どう考えたって無理だったんだよ。辞めちゃえ辞めちゃえ。気が楽になるわよ」

軽い調子なのに、胸の奥に刺さる。

無理だったんだよ。辞めちゃえ辞めちゃえ。

じんじんして、湯がじわじわ染み込んでくる。

そうか。

目の前が滲《にじ》む。

ずっとそう言われたかったんだ。誰でもいいってわけじゃなく、私という人間を知っている人に、そう言ってほしかったんだ。

安心して、とてもほっとして、そしたら湯の温かさを実感した。

「もうまたメソメソするー。湿っぽいのよおねえは」

「いいじゃん、別にぃ。ここの中だけなんだし。どうせ湿っぽい場所なんだからー」

鼻を啜った。

「きったないわねー。湯船に鼻水落とさないでよ」

ユウが鼻に皺を寄せているのが目に浮かぶ。

「『物事には、あなたがちょうどそれを必要とするときに起こるという習性があります』」

「なによそれ」

「そういうタイミングがあるって言うのよ」

「なんの宗教なのさ」

「宗教じゃなくて、世の中そういうふうになってるってこと。アタシたちみたいな小さな存在は世の中の流れにヘイヘイって従ってりゃつつがなく終われるってことよ」

終わっちゃったよ。

ユウの影が上下に引っ張られるように細くなる。

「あ、ユウ!」

脱衣所のドアノブが回される音がしたが、ユウの影はまだそこにある。

「なによう」

「辞めてどうしたらいい?」

「知らないわよ。それくらい自分で考えなさいよ」

ドアの開く音がした。

「あ、ユウ!」

「んなにっ。アタシは仕事しなきゃなんないのよ。一秒で伸《の》るか反《そ》るかの賭けやってんのよ、こんなとこでカビ生えたおねえの相手をのんびりとなんか……」

「ありがとう」

影は立っている。

「ユウがいてくれて助かった」

何の返事もなく、ドアがパタン、と静かに閉まった。


急にお腹が空いてきた私は風呂から出ると、食料を買いに行こうと玄関に向かった。

玄関のすりガラスの戸に人影が映った。

「ごめんくださーい」

声をかけながら戸を引いて吉田のばっちゃが顔を出した。大きなかごを背負っている。

「おばんでがんす〜」

「こんばんは、ばっちゃ」

「ナスいらねが」

ばっちゃは背負っていたかごを、上がりかまちにどさりと下ろした。ナスが山盛りだ。

「わあ！　大好ぎだよー」

「生《な》りすぎではあ、どもなんねのせ、け《食べて》」

「いいのっ!?　ありがっとう、ばっちゃの野菜は本当においしいから大好きだ。それさ今日はおかずがなくて、今から買に行こうと思ってたどごだったはで、ナイスタイミングだよ」

「虫食いだどもせ」

「農薬まみれよりずっといいよ、ほんとにありがとう」

ばっちゃは得意満面で帰っていった。


台所に運んだらさっそく作り始める。

焼きナス、ナスの味噌炒め、てんぷら。ナスとみょうがの味噌汁。

出荷から帰ってきた父が台所に顔を出した。脂が浮いて、髭も濃くなり、疲労がじっとりとその背にのしかかっているようだった。

「ただいまー、なんがいいにおいっこすど思ったっきゃ、バガに豪勢だなあ」

顔と手を洗ってさっぱりした父が晩酌を始めた。ユウの分は台所のテーブルに、ハエ避けの食卓カバーを被せて置き、寝る前にラップをして冷蔵庫へ入れる。そうすればいつの間にかなくなってる。

かつてこの花柄の食卓カバーの中には、赤ん坊の私やユウがいたそうだ。母はその話をしてよく目を細めた。

自分が一食分の空間に収まっていたというのが不思議な気がする。

私はこの中に入ると安心してすぐ眠り、ユウははしゃいでカバーをおでこで押しながら部屋中を這い回ったらしい。開けっ放しの掃き出し窓からカバーごと落ちて笑っていたこともあるという。もしかしたらそのときの後遺症で、ユウがあんなんなったのかもしれないと心配したこともあったそうだ。


居間に夕飯を運び、父のはす向かいに座って私も食べ始めた。食卓の周りを大きなハエが愚鈍に飛び回っている。父は焼きナスをしょうゆにびっちゃりとつけ、雫を垂らしながら口へ運ぶ。

「売れだ？」

「……ん」

漆器は注文を受けて作るので、売れるもなにもないのだが。父の反応は薄い。

「新しい注文はもらえだ？」

「ん、まあぼちぼち。結婚式場ど、葬儀屋がらわんつか《少し》」

焼きナスは内側がトロトロで、外は焼き目がついて香ばしく、我ながら上出来だ。きっと吉田のばっちゃのナスだからここまでうまくできるのだろう。味噌炒めは、甘めの味噌ダレにした。味噌とたまねぎを焦げる寸前まで炒めてからナスを加えた。

てんぷらが一番難しかった。冷水に卵を割り入れ、泡だて器で混ぜる。卵水と同じ量の小麦粉を分けてふるい入れ、粉が残る程度に軽く混ぜた。去年の今頃は、混ぜすぎて粘り気が出てしまい、餅のようになってしまったものだ。天粉を落としてみて、細かい泡とともにサイダーのような音を立てて浮き上がってきたら、具を鍋肌からそっと滑らせる。

そこまで気を遣ってもこのてんぷらというものはべちゃっとなってしまう。からっと揚げるにはマヨネーズだ、酢だ、炭酸だ、というけど、どれも試してみたが揃いも揃ってべちゃっとなった。

「べちゃっとなったね」

父が、そう感じる前に先んじて言った。父は一瞬、何のことを言っているのかわからない様子で、キョトンとした顔を私に向け、それから晩飯に目を向けた。

ハエが頭上を通り過ぎていく。

「……ああ、てんぷらが」

「うん。べちゃっと水っぽくなった」

「……うん」

うまいともまずいとも感想を述べることなく、父はてんつゆに潜らせて頬張った。じーっと見つめていると、彼なりに気を遣ったのか、「柔らけはで、食いやすい」となんともズレた感想をくれた。

柔らかくてしょうゆ味がしていれば、とりあえず文句はないのかもしれない。

父は酒を啜り、ハエを手で追い払い、てんぷらを食べ、ハエを追い払い、酒を飲んで、ハエを……ついに堪忍袋の緒を切らして、立ち上がった。テレビ台に収まっている殺虫剤を取り出し噴射した。その先にはちょうど私がいた。真っ正面から殺虫剤をあびたが、ハエはたおれることなく、むしろ突然の出来事にパニックになり電気の笠や紐に闇雲に突っ込んでいく。やたらうるさい羽目になった。

顔にかかった殺虫剤を前掛けでこすり取る。無神経にこういうことをするから、母のストレスは溜まる一方だったんだろうな。

「おっとう」

私は深呼吸し、それから握り拳を腿の上に作った。

「なんだ」

父は今度は使い込まれたハエ叩きに持ち替えた。ハエを鋭い視線で追う。

「辞めでもい？」

「ん？　なにを」

仕留めるタイミングを見計らっているのが、ハエ叩きの跳ねるような動きからわかる。丸まっている背中が伸び、食卓上を旋回しているハエに引っ張られるように中腰の父も動く。

「……仕事」

ヒュッ。

ハエ叩きが風を切った。かすかに、当たった音がした。私のてんつゆが跳ねて、小さなしぶきが右目に飛び込んだ。

「つしゃっ」

父が小さくガッツポーズを作り、私はしみる目を押さえてうめいた。

「だあっ、おっとう！」

人を作るはずの食に、何ということをするのだ、このおやじは。父を叱るもハエがどこへ落ちたかと、ハエ叩きを構えてテーブルの上を真剣に見回しているばかりで、私に気を配る様子は微塵もない。

「どさ行ったべ」

「ここだよ、こん中！」

てんつゆに浮いているハエを指すと、目を眇《すが》めて確認し、自分の仕事に満足して座り直した。

「もうぅ」

席を立って流しで目を洗い、てんつゆを捨て、別な器にてんつゆを注いで戻ってくると、父は、娘の顔面に殺虫剤を噴射したり、娘のてんつゆにハエを叩き落としたりしたことなど、万に一つもございませんでしたとばかりに、泰然とテレビの台風情報に目を向けていた。私が座ったことにだって気づいていないだろう。

食卓を平手打ちした。できれば父のめっきり広くなった額を引っぱたきたいところだが、それをすると事態がややこしくなりかねないので食卓で我慢したのだ。

父が胡坐のままびくりと跳ねて私へ顔を向けた。

「わいは、どでんこぐ《びつくりする》でねえが～」

「……辞めるって言ったの」

「なにば」

「ああ、もう、スーパーだよ、レジしちゅう《やってる》でしょ」

父はまたすぐには反応せず、私を腑に落ちない顔で眺めた。徐々に、霧が晴れるように腑に落ちなさが抜けていった。

「んな、まンだあすこさいだったずのが《いたのかぁ》」

ええ〜！

「わぁ、はあ、いっつ《とっく》に辞めで、別たどごで稼いでらったど思ってらった」

力が抜けた。

台風の接近で雨が叩きつけている。空をねずみ色の厚い雲がごんごんと流れてくる。

店長に退職したい旨を告げると、彼は渡りに船とばかりに、机上のファイルからさっと退職に関する書類を出した。

「本当は一ヶ月前に言ってもらわないと困るんだけど、まあいいよ。今日付けで」

辞められたことにほっとして店を出た。風が出てきた。

いくらも行かないうちにスニーカーがぐしょぐしょになり、歩くたびに水が染み出す。

「もう、行かなくていいんだあんなところ。すっきりした。ああ、よかった、本当によかった」

傘をくるくる回した。左から泥水をザンブと被った。車が競艇ボートのように走り抜けていく。

「しゃっけえ……」

せいせいした店長の顔が浮かんでくる。唇を噛んだ。

仕事もなくてこれからどうしよう。高卒を雇ってくれる会社はあるのだろうか。というか、私なんかを雇ってくれる会社はあるのだろうか。

爪に詰まった漆をほじくる。指紋にも浸透していてなかなか取れない。

——漆、やるか？

『まま食ってげねぇべな』

母の声が聞こえる。

確かに今のままじゃ漆をやったって、生活していけそうにない。だから私はスーパーのレジなんていう向いてない仕事をしてきたんじゃないか。

溢れた下水が川のように流れていく。世間の汚泥に流されないよう、慎重に歩を進めた。

漆か、新しい就職口か。足を踏み出すごとに考えは揺らぐ。

バスがすぐ先にある停留所に停まった。屋根の下から客が続々と乗り込んでいく。

気づくと私は吊革につかまって揺れていた。足元にできた水溜りから一筋、水が座席の方へ流れていく。

バスは繁華街を抜け、住宅街を抜け、稲が半分ほど刈られている田んぼを突っ切る農道を走った。

私は聞き覚えのあるバス停で降りた。

辺りはすっかり日が落ちていた。街灯の少ない集落を暴風雨が吹き荒れているが、バス停の真ん前に建つ旧農家は、嵐などどこ吹く風といった安定感を誇っている。茅葺《かやぶ》きの上からトタンを張って補強した屋根は闇に溶けていた。窓から明かりが漏れて、ブリキの煙突から煮物のにおいが流れてくる。

盛り土をした敷地の斜面を道路に向かって泥水が勢いよく走っていく。

流れに逆らって玄関まで行き、すりガラスの格子戸に手をかけた。

はた、と困った。

なんて声をかけよう。

いきなり来て、一体何の用だと嫌がられたらどうしよう。だって何の用もないんだもん。

私はしばらく迷って、何度も戸に手をかけたり下ろしたりを繰り返した。何やってんだろう、これじゃダンベル体操じゃないか。

尻込みしている自分にいい加減うんざりしてきて、やっぱり帰ろうと、きびすを返したとき、重たい耳障りな音を立てて玄関が開いた。

背中にさあっと明かりが降り注ぐ。その光に確かなぬくもりを感じた。

反射的に振り返ると、バケツを手にした母が目を丸くして私を見つめていた。一年ぶりの母はあまり変わっていない。

「おりゃあ、美也子《みやこ》だが。じゃっ。そっただに濡れでぇ、早ぐへえれ、ほらほら」

母が手まねいた。私に対する勢いや口調も同じだ。

私は言われるままに中に入ると、母はバケツの水を玄関脇にざっと撒《ま》き捨て、戸を閉めた。

「いとま待ってれ。今タオルば持ってくるはで」

サンダルを脱ぎ散らかして、奥へ走っていった。

祖父母が生きていたとき一、二度遊びに来たことがあったが、そのときより随分狭く感じる。

独特の染み付いたにおいに「よそのお宅」を感じた。

母から受け取ったタオルは充分に乾いて柔らかかったが、柔軟剤は私の知らないものだった。

「着替え持ってくる」

また奥へ走っていく。

居間で着替えた後、母は珈琲の準備をした。

父はお茶派で、母は珈琲派だった。二人が同じ空間でそれぞれを飲みながらまったりしているという光景を、私は見たことがない。

ペーパードリッパーに粉を入れ、沸騰した湯を真ん中にのの字に細く垂らす。粉が呼吸するように盛り上がり、凹んだら、再び静かにのの字を書く。焦って大量の湯を一気に入れると香りもコクもないただの茶色い湯に成り下がると、母はよく講釈していた。

母が珈琲を淹れる姿を見るのが好きだった。一つのことに集中している母は静謐《せいひつ》で、何かを深く考えているように見え、彼女を包む空気は荘厳ですらあった。

じわじわと広がっていく珈琲の香りとドリップの音が、詰まっていた気持ちに隙間を作ってくれて優しくなれた。

ふと、珈琲の講釈をしたのはもしかしたら、私に珈琲を淹れさせたかったからなのだろうかと、思った。料理の講釈は一度もなかったし、むしろ、台所をうろちょろされるのを嫌がった母だったが、唯一、教えてくれたのは珈琲の淹れ方だった。誰でも知っている基本を大切に。

母は二つの塗りの丼に注ぐと、一つに温めた牛乳を入れた。

「おっかあ、丼で飲むの？」

「知らねど？　こりゃかへおればうるずもんだんで」

「カフェオレボウル！」

驚いた。「おっかあ、カフェオレボウルなんて知ってらの」

母は急にドギマギした様子で、それを誤魔化すように「私だッてシャレたモノ使いたいワよ」と微妙なアクセントのエセ標準語を使った。

一体なんの影響だろう。テレビか何かでやってたのだろうか。

「買ったずの？」

「もらった」

「もらった……」

私は、母のいつになく桃色に染まっている頬を凝視した。

「美也子はブラックでいんだが？」

「うん」

「牛乳へだほうがぬぐだまるよ」

「んじゃ、そうす《そうする》」

外はさらに風雨が強まってきた。テレビではヘルメットを被った記者が風に立ち向かってレポートを続けている。音声がぶつぶつと切れ、何を言っているのかわからない。こういう番組でレポートするのは大変だな。

木々が揺さぶられて、どこかの家の金バケツが転がる音や、剥げかかったトタンが煽《あお》られ屋根を狂ったように叩く音が聞こえてくる。

この家も木枠の窓ガラスががたがたと揺れ、今にも外れそうだ。ひやひやしながらも一方でわくわくしてもいる。さらには、穴ぐらの中でひっそりと守られているような不思議な安心感を覚える。

たっぷりの温かいカフェオレを飲んだ。漆器のカフェオレボウルは手のひらにほっこりと優しく、口当たりが穏やかだ。手が火傷《やけど》することもないし、冷めにくい。

「こさ来るっておへで来たど？」

「ううん」

首を振った。

「んだば、心配すべ。電話こ、せ」

「うん」

携帯を取り出して電話帳を開いた。《自宅、母、ユウ、店》の四件しか登録していない。

力強く「店」を削除した。それからユウの番号を選んだ。

五回コールして「はあい」という間延びした機嫌のいいオカマの声が聞こえた。

「あ、ユウ私」

「うん、知ってる」

キーを打つ音が聞こえる。この時間なら海外の取引だろうか。

「どっからかけてんのよ、おねえ」

「おっかあんち」

ショックを受けるかと予想したが、反してユウは「あらそう」と流した。

「ところで、小屋は大丈夫？　おっと……」

おっとうは大丈夫？　と口に出しかけ、母が気になって飲み込んだ。

「えー？　知らなあい」

「そんなこと言ってないで見てきてくれない？　それから、私がおっかあんとこにいるって伝えといてね」

「パパンに？」

「そうそう、いい子だから、よろしくね」

「はいはい。あ、やだ、もう。下がっちゃったわ。信じらんない、さっきまでいい調子だったじゃないのどうしちゃったのこれ、もういいわこっちはどうかしら……あ、いいわいいわ来い来い来いさあああ、こーい!!」

ユウはパソコンを前に次第にヒートアップしていく。

「来たあああああ!!」

恥も外聞もない雄叫びとともに電話が切れた。顔をしかめ、しびれている耳の穴に指を突っ込む。

「あの子、何が来たって？」

母まで耳を塞いでいる。

「値が上がったんだと思う」

通話を切ってかばんに放り込んだ。窓に、雨水が波のように打ちつけている。

「さっきのバケツ……」

「ああ」

母は顔を赤くし、情けなさそうに肩をすぼめた。

「雨漏りしちゃってんの」

隣の部屋を隔てる襖《ふすま》に顔を向ける。そこではかつて祖母たちが寝起きしていた。

「今夜は向こうじゃ寝らんねはで、こで寝るべ」

打ちひしがれているようだった。そして不安そうだった。

嵐に負けじとぜんまい式の柱時計が力強い音で時を刻んでいく。

襖を開けてみた。床の間の仏壇に向かって光の道がまっすぐ伸びる。布団が隅に折りたたまれ、光の道の途中に敷かれた新聞の上で、バケツが音を立てていた。

「まま食ったど？」

「ううん」

私は襖を閉《た》てて、再び座卓に着いた。

「んだば、食ってげ」

食べて「いけ」。

ありがたいはずなのに薄ら寂しく感じた。


玄米ご飯にたくあん、イカと大根の煮物、けの汁だった。けの汁はしょうゆ味で、にんじん、ゴボウなどの根菜類ときのこ、さいころ状に切ったこんにゃくをくつくつと煮込んだ煮物兼汁物だ。

母から弁当は食べさせてもらっているが、汁物は一年ぶりだ。

「ああ、おいしい」

思わず漏らすと、母は目元を緩めたが、すぐに眉をハの字にした。

「な《お前》、家で何こさえでら？　ちゃんとまま食ってらど」

「なンも大丈夫、ちゃんと自炊してらよ。おっとうも文句言わないで出されだもの食べでらし、吉田のばっちゃが野菜くれるがら、野菜もうんと摂ってる。大丈夫」

父の話が出たとたん、母の表情が険しくなった。

「あのおどは、どうへ、なあんもやってねんだべ。漆塗ってりゃそれでいど思ってらんだ。そいだったってどんどん収入はねぐなってるってのに」

別れて一年も経つのに、今さっきまで同じ屋根の下で寝起きしていたかのような生々しい不満と怒りにたじろぐ。

まあ、ね、と私は苦笑いして、母の父への愚痴がヒートアップする前に遮った。

「毎日お弁当ありがっとうね。とっても助かる。んだけど負担さなってない？」

「なあんも」

母はハエを追うように手を振った。

「わの弁当こさえるついでだはんで、気にすごどね」

「今も縫製工場に勤めてんの？」

「んだ。この歳さなれんば、そう簡単に転職もできねし、慣れだどごが一番いんだおん」

そっか、そうだよなあ。新しい職場だと一から覚える仕事や人間関係がきついよなあ。つい、自分のことと照らし合わせてしまう。

「弁当、わざわざ届けてくれて……」

「朝まのウォーキングのついでだ」

母は腕を元気に前後に振った。

「えっおっかあウォーキングしてんの？　なして」

「なしてって、うーん……体さ、いって聞いだはんで」

母は首をかしげた。

「玄米も体にいいの？」

「ん、血糖値さいいず。おどは玄米ばへれるとえへだった《怒った》すけ、一っつも食べらんねがった。美也子も糖尿さなりたくねがったら白まんまばやめで玄米ばかねばわがね《いけない》よ」

何かの宗教のような熱心さだ。歳をとると健康信者になるんだろうか。

玄米はプチプチとした食感が面白かったし、味も白米より濃くておいしいと思った。

「普通に炊飯器で炊げるの？」

「炊げるどもせ、わは土鍋」

「え、土鍋でご飯が炊げるの!?」

びっくりして身を乗り出した。

「炊げる炊げる。炊飯器でも炊げるべったって、鍋で炊いだほうがんめよ」

「難しがべぇ《難しぃでしょう》……」

「んだなあ、慣れれんば大したごどね。手間だりだずだげだ。わぁは一人っこだはんで、時間ば好ぎだよーに使えるだおん」

母は声を弾ませた。

「いっぺんにいっぺぇ炊いで、冷凍しておげばいいしの」

こんなに笑う人だったろうか……。どうしてだろう、私の胸には白々としたものが広がっていく。

後片付けをしようとしたら、母が私を押し留めた。

「疲れでんだべ、なも、ねまってれ」

私は戸惑うというより困惑した。これじゃ私はすっかりお客さんじゃないか。座っていろと言われて、そのまま座ってはいたくない。器を持って私も台所へ入った。

壁の隅にさし渡された洗濯紐に、豆絞りの手ぬぐいが掛けられている。擦り切れてはいるが、シミ一つない。ピカピカに磨き上げられたあめ色の床の上にはカメがいくつか並んでいる。中を覗いてみたいが遠慮した。母の姓がまだ私と同じだったなら、たぶん、躊躇なくそのふたを開けていただろう。食器棚はがらんとしていた。カトラリーも少ない。レンジはないが、曲げわっぱのせいろがある。

「小さい頃に遊びさ来たどぎはたくさんあったね、コップどが《とか》茶碗どが」

「ああ、なげだんだ。いっぺぇあったって、使いきれねえし、手入れが手間だべ。いっつも使うのがなんぼがあればばい。割ってから買ったって遅ぐはねしの」

「ふーん」

中華鍋があれば、茹でるも煮るも揚げるもほぼ網羅できるという。土鍋は鍋料理と炊飯以外に、シチューやカレー、肉じゃがなどといった煮込み料理にも使える。ボールは鍋を代わりにするから不要だそうだ。

「代わりに使えるのは何だべなって考えるのは面白ぇよ」

母は、玄米を食べて、ウォーキングをして、余計な食器や鍋を手放し、カフェオレボウルを使い、なんだか以前よりずっと楽しそうだ。

私は母に微笑みかける一方で、なぜか惨めな気持ちになっていった。

後片付けをした後、母は窓から外をうかがって「帰れるべが」と心配した。

テレビからは川が氾濫し、避難勧告が出た地域があると聞こえてくる。

「もしがしたら、バスも止まってらがもわがんねよ？」

「うーん……」

「危ねすけ、泊まってってったらどんだ」

工房は大丈夫だろうか。私は窓へ顔を向けた。カーテンの隙間の闇に、顔を曇らせ下唇を噛んでいる私がいる。そして、さらにその奥には、母にも工房を気にしてほしいと思っている私が、おぼろげに見えていた。


と、携帯が鳴った。家の電話番号が表示されている。出ると父のきつい声が飛んできた。

「美也子が。んが今《お前》どさいだんだっきゃ」

「どさって……」

反射的に母を振り返る。母は心配そうな心細そうな顔をしてこっちを窺っている。

「ユウに聞いてないの？」

「ユウぉ？　ありゃ、えさ《家に》いだのが」

いたよ。もう、がっくりくる。ユウは値上がりで舞い上がって、伝えるのを忘れたらしい。

「おっかあんちにいるんだ」

父の反応が怖かったが、正直に答えるしかない。友達んとこ、と答えられないのは、私には友達がいないのを父だって知っているから。

電話の向こうが押し黙った。鼻息だけが聞こえてくる。いろいろ考えを巡らせているのが伝わってきて、手のひらに汗がにじんでくる。

肩を叩かれた。母が自分と電話を交互に指す。おっかあが代わって説明してあげようか、ということらしいが、私は目顔でこれを遠慮した。私と母が電話の向こうで話を合わせていると父が知ったら、傷つくんじゃないだろうか。

「んだら、泊まってくるんで」

思いがけない父の言葉に息を呑んだ。

「え？　だって小屋は？　大丈夫？」

「バスが止まってらず。危ねすけ、明日の朝まになったら帰って来ればいがべ」

「あ、ああうん、わがった」

「今度からちゃんと電話すんで。心配すんだはで」

「はい」

二十二にもなって小学生のようなことを親に言わせる自分が情けない。

「二十のオカマはどこで何してようと無頓着なのに。理不尽だ」

通話を切ってぼやいた。

「なは、女の子だはで、心配されるのは当然だんだ」

母が父をフォローするようなことを言うとは思わなかった。

「ユウだって女の子だべ」

「……」


余っている布団がないというので、母と同じ布団に横になった。気恥ずかしいったらない。

「こうやって一緒ずに布団さ入るのはわらしの頃以来だべ」

「んだったっけ《そうだっけ》、小さい頃も一人で寝でだよ」

「んだったが」

母は黒い天井をスクリーンに見立てて思い出を映しているようだ。

「んだんだ。一緒に寝でだのはユウだ。ありゃあ、寝小便たれで、いっつも布団ばべしょべしょにしたんだもんだ」

母がくつくつくつと笑った。昔から、母が笑っていれば私は幸せだった。

私はトイレに行きたくなると必ず目が覚める性質だった。母を起こしてトイレまでついてきてもらい、トイレの中と外で「いるー?」「いるよー」「いるー?」「いるよー」のラリーを繰り返したものだ。

一人でトイレに行けたのは小学四年生になってからだ。

一人で風呂に入るようになったのも、その頃からだ。それまでは父と入っていた。

クラスの女子連中の間で、お風呂は誰と入っているかという話題が出、嘘か真《まこと》かみんなが一人で入っていると胸を張った。そんな中で、父と入っているなどとどうして言えよう。当然ながら一人で入っていると嘘をついた。嘘をつくとき喉が詰まった。

喉の詰まりは家に帰ってきてからもなお続いた。

詰まりを解消するためには「本当」にしなくちゃならなかった。何も知らずに風呂に誘ってきた父を私はばっさり拒絶した。

「は？」

父の素っ頓狂な声はいまだに耳に残っている。

「だから今日から一人で入るの」

風呂においてだけでなく、なんにおいても拒否するということに罪悪感を持つ私は、父の顔を見ることができなかった。

私は父に背を向け、膝《ひざ》を抱えてテレビを見つめた。何の番組だったか。熱心に見つめていたと思うがまったく記憶にない。

背後で、父が頭を掻き、母を振り返った気配があった。そっと振り返って確かめると、父は私を指差して母にジェスチャーでどうしたのか、と尋ねているようだった。食卓を大きな動作でぐいぐい拭き上げる母は、首をすくめて「最近は一人でお便所さも行げるようになったはで」と軽く慰めた。

父はまだ腑に落ちない様子で首をかしげながらこっちを振り返った。慌ててさっと首を戻したとき、変な音を立てて首に痛みが走ったが、テレビに熱中している風を装った。

父が風呂場へ向かう足音が寂しげで、私は心の中で父に謝り続けた。嘘をついたときより、喉はさらに重たくなってしまった。

みんなが一人で入ってるって言うから、私も一人で入る。

なんでそう手っ取り早く打ち明けなかったのか。もじもじしている間にわけを話すタイミングを逃してしまっていた。

父はそれ以降なんとなく私に遠慮するようになった。

「したども、あんだはよぐおどの布団さば入ってらったな」

「えっ」

母の声が眠たそうだ。

「なんが、学校で面白えぐねごどぉあれんば、おどの布団さ潜りこんでだ。何聞いでも、一つつも喋んねがったども、ああ、面白えぐねごどぉあったんだなあって、わがったよ」

「おっとうは面倒くさがったべねぇ。疲れでらの《疲れてるのに》さ私なんかが潜り込んでだら」

「いやいや、わりかし嬉しそうだったよ」

母が微笑んだのがわかった。

父の布団は熱いくらいで、漆のにおいが染み付いていた。

対して、今こうしていると母はずいぶん体温が低いな、と感じる。

小学校の頃は今よりずっと嫌なことが多かった。そもそも学校へ行くということ自体が苦痛だった。平日の朝は無意識のうちにぎりぎりまで眠っており、休日の朝は逆に、まだ薄暗いうちから張り切って目を覚ました。授業中には恥をかき、テストでは冷や汗をかき、体育では脂汗をかいた。居残りをさせられ、それだけじゃ飽き足らずねちねちと叱られた。

教師から言われて一番嫌な文句が「どうしてできないんですか」というものだった。理由を尋ねているのではなくて、尋ねるふりをして責め立てている、追い込んでいる、いびって鬱憤を晴らしているとしか思えなかった。

子どもの頃は、周りの大人はみな自分を叱りつけるのが目的で生きているんだと思っていた。

女子同士の仲間意識も強く、一度結びつくと新入りは受け入れられず、また一度決裂すると地獄の果てまで憎しみ合う、という緊張感が常にあった。

私は毎日に息切れしていた。ビクビクしていた。うまくいかないちょっとしたことがいつまでも頭から離れなかった。

私自身はあの頃と一つも変わっていない。ぜんぜん成長していない。それどころか、あの頃より退化していっている気がしてならない。

見た目ばかり大人になって、叱られる回数は大幅に減ったものの、今度は数少ない叱られたことを引きずるようになった。打たれ弱くなった。

母に気づかれないようにため息をつく。

「なは、学校がら帰ってくれんば、工房さ行って、割り箸だの鉛筆だのを塗ったり研いだりしてだっけなあ。まんまだよって呼びさ行ぐまでやってらった」

「そうだったね……」

母が笑い、掛け布団がくつくつと動く。

「ユウは元気にしてら？」

「うん、元気元気」

「相変わらずだど？」

「……うん」

「あの子は実際なんの仕事してらの。おっかあ、何べん聞いでもわがんねばて」

「インターネットで株とか債券の売買をして、その差額で儲げでるらしいよ。それが仕事だんだがどんだが、わがんないけど」

「儲かったじぇんこは振込まさるんだが？」

「たぶん」

「損すごどだってあるべさ」

「あるだろうね」

「んだらバクチだべ」

「……ん」

「仕事でねがへ」

「……まあ、そうかな」

叱られているような気持ちになってくる。

「あんつこど《心配》だじゃあ」

母はいつだってユウのことを心配している。

「んだら、結婚だのでぎねがべし」

「結婚って。ユウが？　相手はどっちと？」

母はまた、笑った。それもそーだ、と大きなため息と一緒に吐き出した。まるで話はこれでおしまい、と宣言するように。

彼氏がいるらしい、というのは黙っていた。

台風は今どの辺りにいるのだろう。いよいよ迫ってきたのだろうか、それとももう太平洋へ抜けただろうか。ギー、ギー、と木々がしなる音がする。雨がザンッザンッとバケツで水をぶちまけるように窓にぶつかってくる。寝室の雨漏りはとっくにバケツの底を打つ硬い金属音から、雫が水面を打つ音に変わっていた。

「ねえ、おっかあ」

「ん」

母に仕事を辞めたことを知らせようかどうか迷った。

母がふあああ、と粘着質なあくびをした。

川が危険水位に達したため、どこどこの地区は公民館や町内会館に避難するようにという防災無線のアナウンスが雨風が吹き荒れる空に、滲んで広がっていく。消防車が忙しなく鐘を打ちながら、カーテンを通して黒い部屋を一瞬だけ紅く染めて通り過ぎていった。暴風雨の中であっても、母の寝息ははっきりと聞こえてくるのが不思議だ。そしてそれは私を包み、眠りへと引き込んでいった。

スズメのご機嫌な囀《さえず》りで目を覚ました。布団の中でうーんと伸びをして、手を突き上げ握ったり開いたりする。それからおもむろに窓辺に立った。

外は果てしなく晴れ渡っていた。

庇の雨だれが眩しい。

窓を開けると、落ち葉のにおいを乗せた絹のような風が入ってきて肌をなでていく。

「ああ……気持ちいいなあ」

深呼吸した。庭は落ち葉で埋め尽くされていた。雑草がなぎ倒され、バケツが転がり、色づき始めたばかりの栗のイガや、カリンも落ちている。あちこちに水溜りができ、そのすべてが青空を祝福していた。

「台風、行ったず」

私が起きた気配を察知して、台所の母が言った。テレビでは氾濫した川を中継しているところだった。

誰も死ななかったし、けが人や行方不明者もいなかった。

それを聞いてから、私はさらに窓を開け放った。

「今日は何時がら仕事だの？」

顔を洗って歯を磨いてから母を手伝った。

「うん……今日は休み」

喉が、詰まる。

「あらあ、いがったごどぉ。こった日に仕事だっきゃ大変だったのし」

「おっかあは、もしかして今朝もウォーキングしてきたの？」

「うん、したした」

なんてタフなんだ。

「んでも足場悪ぃすけ、おめだぢのえっこのほうさば行がねんで、この辺りばしぐるぐる回ってらったの。帰るどぎ、弁当持ってげ」

「今日も作ってけだんだ《作ってくれたんだ》、ありがっとう」

ちょっと泣きそうになった。仕事辞めちゃったのに。母を欺いているような気がする。

浸水させておいた玄米を炊く。土鍋の底を拭いて、水分を取ってから中火にかけた。

その間に目玉焼きを焼く。油を引いて熱したフライパンに母は両手で卵を二個割り入れた。

白身が白くなってきたら油を少々足して、縁をカリカリに焼く。余分な油を拭き取り、水を加えふたをして蒸し焼きにする。最後の数秒はふたをずらして水分を飛ばす。

私は胸いっぱいに油と卵の混ざったにおいを吸い込んだ。

中華鍋で黄色い食用菊をゆがく。透明感が出たらざるに上げて水を切り、冷水でしめる。

「絞ればまいね。菜ばしでおっつけで水ば切りへ」

「うん」

めんつゆと酢を混ぜたたれで和える。

十分ほどで、ご飯のいいにおいがしてきた。真っ白な糊がふたの隙間からあふれる。

「あっ零《こぼ》れるよ」

「弱火さして二十分」

火を弱める。泡がなりを潜めた。ほっと胸をなでおろす。

「おつゆ、こさえるべし」

「はあい」

ナスの皮を縞々《しましま》に剥いて、炙《あぶ》った後、輪切りにして豆腐と一緒に味噌汁の実にする。

桐のまな板は一センチくらいの厚さしかない。

「ずいぶん、薄いねえ」

「黒ずんできたら、カンナで削ってるはでな。美也子、まんまさ耳、近づげでみ」

豆腐を手のひらで切りながら母が顎で指す。「火傷しねようにな」

鍋からはかすかに音が聞こえてくる。

「ピリピリっていってるよ」

「じゃそろそろ強火さすっか」

強火にして三十秒、一気に加熱。火を止めて十分蒸らして完成。

「ほれ、まんまばかまして。水分ば飛ばせ」

「はあい」

しゃもじで、底からすくい上げ、空気を含ませる。天地返《てんちがえ》しというらしい。濃く独特の甘い香りの湯気が立ち上った。

「ああ、ご飯のにおいだ」

玄米だから余計に香りが高い。

おこげができていた。

「すごい、あこがれのおこげだ。おっかあ、私のさいっぱいちょうだい」

あ、今私、ユウみたいにすんなり「ちょうだい」ってねだった。

「はいはい」

母は鍋肌に沿ってしゃもじを入れてこそげてくれた。

茶碗にはてんこ盛りのおこげご飯。ナスの味噌汁、目玉焼き、菊のおひたし。

「ああ、幸せ……いただきまーす」

玄米ご飯はもうそれだけでおいしい。

「おかずなんちゃ《なんか》、いらないね」

「んだら目玉焼き、けろ《ちょうだい》」

「だめ」

私の目玉焼きに伸ばした箸を引っ込めて、母は嬉しそうに笑った。

つやつやプルプルの白身を四角く切り取って先に食べ、固めのとろりとした黄身を崩さないようにすくい取って頬張る。食べ終わった私の皿はいつだってきれいなのだ。

「帰っても玄米食べたいな」

「作ればいい。ながこさえだもんだば、おども食うごって」

「そうがなあ」

「娘さば甘いんだ」

知った風に言って、母は目玉焼きに塩コショウをさっと振った。父は、しょうゆで食べるしユウはソースをかける。私は何もつけない。

菊のおひたしは爽やかな秋の香りを胸の奥まで届けた。

「私、おっかあに料理習いに来ようかな」

母の手が止まり、その目が一瞬泳いだ。

「ここさ来れんばおどが面白がんねぇべ」

「そんなことないと思うけど」

母は少し黙った。食卓に視線をさまよわせる。

「んだが……んだども」

なおも母は言い淀《よど》む。ほかに言い訳を探すように箸で味噌汁をかき回し続けている。

私は母を見つめた。

カフェオレボウルが頭を過ぎった。父の機嫌は関係ないのではないだろうか。

「あ、でも残念。時間がないから無理だ。おっかあだって仕事あるしね、そんなに暇じゃぁないよね。ナスのおつゆおいしいなあ」

首をすくめて前言撤回し、味噌汁に気をとられている振りをする。

母はおずおずと座り直して、味噌汁を啜った。

「味噌ばへれだらすぐに火ば止めれば、めぇ、おつゆさなんで」

静かにアドバイスをくれると、ご飯を頬張った。何かご飯じゃない別なものを含んでいるように探り探り噛んでいる。

会話は弾まなくなった。母がテレビの天気にコメントし、私が頷き、私が外の天気のことを言い、母が頷く。当たり障りのない会話を上の空で繰り返すばかりで、ついに母が味噌汁をひっくり返し、私は玄米に塩コショウを振ってしまった。


お弁当を二つ、風呂敷に包んでもらって私は母の家を出た。もう、来られないのかな、と物寂しさを覚えた。

母の困惑した顔が頭にこびりついている。もう来ないほうがいいのだろう。

新しい生活に入って来てほしくないのだろう。でもその一方で、私たちの弁当を作っている。母の気持ちが理解しきれず、私はもどかしさにイライラしてきた。

弁当はまだほんのり温かいようだ。他人からもらったものならこの場で田んぼに投げ捨てていたかもしれない。

泥まみれのタイヤでゴトゴトとやってきたバスは、定刻から二十分遅れていた。窓から見える町は、すっかりカフェオレ色をしていた。低いところは床上浸水したらしく、玄関を大きく開け放ち、ソファーやベッド、箪笥などを歩道の隅に出している。冷蔵庫もパソコンも無残に泥を被っていた。住人はタオルでマスクをし、家の中の泥をシャベルで一輪車にあけたり、ホースの水で洗い流したりしている。畳を積んだ軽トラの前で消防隊員が交通整理をしていたり、腕章をつけた町の職員がバインダーを手に状況を調査していた。

バスから降りてどぶ臭い中を歩く。川から上がった泥は粘着質で、何度も足をとられた。折れたリンゴの枝にはビニール袋などが引っ掛かり、泥をこびりつかせている果実は屈辱感でいっぱいに見えた。泥をかぶるともう、売り物にはならない。

辛うじて営業していたコンビニに入って五百グラム入りの玄米を一袋買った。

家に向かっていくうち、道に泥はなくなり、田んぼでは金色の稲が太陽に向かって立ち、垂らした頭をそよがせる光景が見られるようになる。稲の香りが風に乗って吹き渡っていた。


高台にある我が家は無事だった。ボロいのは相変わらずだが。工房に向かおうとしたら、玄関戸が開いて、両手にバケツを提げたユウが出てきた。家の前の用水路にざっと空けて顔を上げた。脂ぎった顎や頬から硬くて太い髭がのぞいている。

「ユウ！」

声をかけると、ユウは右手を顔の横にちょこんと挙げた。

「あらおかえり」

「ただいま。大丈夫？」

「雨漏りよー」

その様子に思わず噴き出してしまった。ユウは顔に飛んだつばを拭い、口を尖らせ腰に手を当てる。

「なによう、なにがおかしいのよう。もう大変だったのよアタシの部屋。いきなり天井の隅からどーって、どばーって。一体何が起こったのかと思ったわよ、テロかと思ったのよ。あわ食ってパソコン抱いて飛び出たわ」

デスクトップが二台だ。本体はかなり重たい。

「さすがオカマの馬鹿力だね」

「火事場っ」

ユウが雑巾を絞る。繊維の切れる音が私を黙らせた。

「アタシの部屋、もう当分住めないわ」

横目ですがるような視線を寄越す、上から。

「――私の部屋に来る？」

そう申し出るしかないじゃないか。ユウは目を輝かせ、私の手をとった。

「ありがとう、さすがおねえ。そう言ってくれると思ってね、パソコンとか運んどいたのー！」

「とか……？　一人で運んだの？」

「そうよもちろん」

ユウは胸を張った。

「パパが手伝ってくれるわけないじゃない」

「そのパパは今」

「小屋」

ユウは表に向かって顎を振って、愛想を尽かしたため息を吐いた。

「台風が一番酷くなったときに、パパってば小屋にまっしぐらよ、信じられる？　まったくもう、少しはアタシのことも心配したらどうなのかしら」

「おっかあが随分心配してたよ。おっとうだって、まあ、心配してるって」

ユウは肩をすくめて見せた。

「アタシお腹空いちゃったわ、たった一人で一生懸命働いたんだもの」

「はいはいそりゃあ、大変だったね。ほら」

風呂敷を掲げて見せると、とたんに彼女の眉間から皺が消え失せた。

「わあお！　お弁当。ちょうだいちょうだい！」

ユウは実際、口に出す言語の中で「ちょうだい」が一番上手だ。

むんずと奪うと、ドスンバタンと飛び跳ねながら居間に入っていった。

「ちょっとぉ、ボロい家なんだから、そっと歩いてよ。屋根が落ちるよ！　床が抜けたらどうすんの」

アヒル座りをしてユウが風呂敷包みをいそいそと解いている。嬉しさではち切れんばかりの様子だ。

「きゃあったまご焼きっ。見て見て、ぎゅうぎゅうに詰まってる。人参のくるみ白和えにぃ、さばの味噌煮ぃ、げっ菊はいらないや、おねえにあげる。だからたまご焼きちょうだい」

私はけの汁を食べてきたんだよ。内心ほくそ笑み、その後で、食べられなかったユウがなんとなく可哀想になってくる。


工房は、昨夜が台風だったなんて信じられないほど静かで落ち着いていた。寺の本堂のようである。父は十年一日のごとく泰然とそこにいた。奇跡のような風景に見えた。

「台風さ、小屋の被害はなかったの？」

「ん。んな、なにで帰ってきたど」

「バス」

「おろぉ、バスはいぬいでらったのが」

「うん、遅れてるけどちゃんと動いてた」

「そうが」

父はそれだけ聞くと、ほかは何も問い質さない。ただ、床を磨き、漆風呂の空調を調節し、丼の漆の具合を丹念に調べているのみだ。


ちょっとは家族のごど考えでけでもいがべ。

母の痛々しいほどの声が耳に蘇り、私の喉は嘘もついていないのに苦しくなる。

知ってる？　家の中は雨漏りしてるよ。ユウが私の部屋へ引っ越してきたんだよ。

胸の中で呟いて、私は床に腰を下ろし、瀬戸さんから頼まれた椀の修理を進めた。上塗手前までは私がしてもいい。

何十年も連れ添ってきた夫婦を見つめてきた椀は、新品より重たい。

つい、父を横目で見てしまう。父は別の品を、いつも通り静黙して生真面目に塗っている。

どうすれば一生連れ添うことができるのだろう。その秘訣はなんなのか。

椀には、柱の角で凹んだ一箇所と、使い込むうちについた細かい傷こそあったが、修復不可能なほどの割れや穴はなかった。それどころか小さな傷によって一層趣きが深まっている。

ひょっとしてこれが秘訣だろうか。

両手に包んで見つめると、そこに二人の過去が浮き出てくるような気がした。

昨夜、浸水させておいた米を火にかけた。百％玄米だと父の不評を買うかもしれないと思ったので、玄米と白米を一対三で混ぜた。

土鍋は流しの下の奥にひっそりと眠っていた。

母が出て行ってから鍋なんてしたことなかった。

土鍋の独特の柔らかい厚ぼったさと重さが頼もしい。漆器と通じるところがある、母は認めないだろうが。

ご飯を炊いていると、徹夜明けのユウがヌボーッと背後に立った。

「なにしてんの」

「ご飯炊いてんの」

ユウが絶句した。少ししてから、恐る恐る切り出した。

「おねえ、わかってる？　それ鍋よ。ドがつく鍋よ。アタシと反対のオナベよ」

「わかってるよ」

ユウはまた口をつぐんだ。気は確かかと訝しげな目を向けている。目の前の状況を理解するため、頭の中の検索エンジンをフル稼働させる音が聞こえてきそうだ。

再び、おもむろに口を開いた。

「炊飯器壊れたの？」

「違うけど」

「じゃあなんで鍋で炊くの。キャンプじゃあるまいし」

「なんでって。おいしく炊けるから」

「ええ～、なんで炊いたってたいした違いはないわよぅ。大体、不便じゃない。時間もかかるんでしょ」

「そこがいいんだよ。時間がかかるほうが面白いでしょ」

ユウがぐるりと目を回した。

「そこがいい？　意味がわかんない。失敗だってあるんだし。炊飯器なら水加減さえ間違わなけりゃお釜で炊いたご飯なのよ」

目くじら立てて主張し、すぐに「あらやだ、オカマで炊いた、なんてあははは」と手を叩いて自分だけウケていた。

「もういいから、あっち行ってて」

部屋のほうへ押しやると、ユウは身をそっくり返して「ま、せいぜいがんばんなさい」と上から目線の励ましをくれた。

玄米のみと違って、白米が多い場合は、時間を短くするようにと母から助言があった。強火で十分後には沸騰してふたがカタカタと持ち上がり、縁から粘っこい泡が吹き出てきたら、火を弱める。

ご飯を世話するというのが面白い。耳を澄ませ、ご飯の声を聞く。くつくつという音はぼやきにも聞こえるのはどうしてか。ご飯は生き物のように刻々と様子を変える。様子を観察し、もういいだろうかと手を出しかけては、いやまだまだと引っ込めたりと忙《せわ》しない。ペットを飼っている人はこういう気持ちなのだろうか。

ねばねばが引け、ぴりぴりという音が聞こえたら火を強めて十数秒。香ばしい香りが鼻を掠《かす》めたら、火を止めて十分休ませる。

ふたを開けるときが一番どきどきしてわくわくする。ご飯ができるというだけで日常にどきどきわくわくがやってくるなんて。

ふくよかな濃い湯気にすっぽり包まれれば、私は深い安心感に身を委ねる。

しゃもじを深く差し込んでふっくらとかき混ぜる。

つまんで食べてみると、米がしっかりと立っていて弾力があり、甘かった。

玄米入りのご飯を前にして、父は箸を持つ手を止めた。じっと飯を見下ろして何か考えを巡らせているようだ。なんとなく『待て』を命じられた犬に似ている。

「玄米混ぜてみたんだ」

「……うん」

「嫌だったら、明日がらまた白米さするけど《にするけど》、どうす《どうする》？」

「……うん」

どっちなんだ。

「おこげがある」

父がせんべいのようなおこげを箸で目の高さにつまみ上げた。

「土鍋で炊いたの」

「は、鍋でど？　炊飯器壊れだが」

ハトが豆鉄砲食らった顔は未だ目撃したことはないが、コンテナに押し込まれた出荷間際の鶏なら見たことがある。目を丸くした父はそっくりだ。

「そうでないけど」

「キャンプじゃあるめぇし、なあしてまだ」

鶏は首をひねった。

「おいしぐなるがら」

「ふうん」

おこげをかじった。

「玄米って体にもいいんだって」

「ふうん」

それ以上突っ込んで聞いてこない。

かり、かり、かり……。

父はテレビに目を戻し、冬瓜の煮物にしょうゆをかけ頬張った。

おかわりこそしなかったが、父の茶碗は空になった。好きで平らげたのか、それしかないから平らげたのか、はっきりしないし判断もつかなかったので、次の日も玄米を混ぜてみた。父はとりあえず食べていた。

平らげられると、ほっとして嬉しくなった。この気持ちは餌を替えた際に、飼い犬の反応を見る感覚に似ているだろうか。


庭木が紅葉している。

陽だまりの縁側に座布団を並べて、ユウと弁当を食べていたときだった。

すいませーん、ごめんくださーい。

表で呼ぶ、男性の声がした。

「あら、誰か来たみたい」

ユウが玄関のほうへ首を回した。私に向かって行け、と顎で指示する。

やれやれ、と弁当を傍らに置いて腰を上げた。お茶を飲みきり、

「食べたら許さないからね」

ユウに釘を刺す。ユウはあと二ミリのところで、私の弁当箱から手を引いて舌を出した。


玄関に出ると、三十代半ばくらいの男性が立っていた。スーツ姿で、首から下げた社員証には「安達」とある。

何かのセールスだろうか、とにわかに警戒した。それが顔に出たのだろう。男性の顔が強張った。

「あ。こちら漆工房でよろしいでしょうか」

「はい」

「修理もしていただけますか?」

ん? お客さんか? 寄った眉が離れていくのを実感する。

「はい」

頷くと、安達さんはほっと緊張を緩め、内ポケットから袱紗《ふくさ》を取り出し広げた。

「これなんですが……」

鮮やかな唐塗のペンが目に入った。

「万年筆ですね」

唐塗だ。目を眇《すが》めた。緑と赤のバランスが良く、模様の配置が整然として美しい。なんだか悔しいけど、結構な仕事だ。

「ええ、こちらで求めたものじゃないんですが、修理は可能でしょうか」

「はい、大丈夫ですよ」

彼がああよかった、と笑顔になり、つられて私の頬も緩んだ。

「費用はいくらくらいかかるものですか」

浅く剥げている。

「はっきりしたことは父がわかりますので、呼んできますね。お時間は大丈夫ですか？」

安達さんは腕時計を確認した。

「あ、はい」

「いろいろご要望などおうかがいしたいので、よろしければ、どうぞ」

家の奥を指す。男性は「すみません」と一礼して上がった。振り返ってしゃがみ、革靴を揃えて私に続く。


居間に通すと、ユウはすでにいなかった、私の弁当箱とともに。

「あのやろう……」

臍《ほぞ》を噛む。

「どうかされましたか？」

安達さんが案じるように窺う。

「あ、いいえ、なんでもありません。あ、どうぞこちらでお待ちください」

縁側でたっぷり日を浴びた座布団を勧め、お茶とお菓子――こういうときのために用意してある箱入りのリンゴ大福は、どうしたわけか一つなくなっていた――を出してから父を呼びに行った。

父と交代して、漆の入った丼や、刷毛やヘラにラップをしていく。

窓の外に広がる空は青く、二時を告げる寺の鐘は伸びやかに広がっていく。

母屋に戻ると、話はついたらしく父が出てきた。

「終わったの？」

「ん」

手には袱紗を持っている。工房へ戻る父の背を見送って居間を覗いた。

安達さんが腰を浮かせて私に会釈をした。

「お世話になります」

「お疲れさまでした。うまい具合に話は進みましたか」

「はい、おかげさまで、私の言いたいことを的確に理解してくださって。察しのいい職人さんですね」

父が察しがいいって？　私は曖昧な笑みを浮かべた。

そうしたら、これでと、安達さんが立ち上がろうとした。と、ストンと落ちる。

「どうされました」

「あ、いや」

足をさすって、

「しびれが切れたようで、すみません」

ははは、と面目なさそうに笑った。

「どうぞ足を緩めてください。時間がおありでしたらゆっくり休んでいってください」

「すみません……」

お茶を淹れ替えて、手つかずのままの大福を勧める。

甘いものがリラックスさせるのか、食べ始めた彼はぽつりと言った。

「あの万年筆は、母が、高校の入学祝いにくれた物なんですよ」

「ああ、そうだったんですか。随分綺麗なままで……大切にされてたんですね」

男性はわずかに口元に笑みを残したまま俯いた。その脳天に白髪が数本立っている。

「使ってはいなかったんです」

そうだと思った。万年筆は綺麗なことは綺麗だったが、曇っていた。長いこと触れられていない証拠だ。

私は話を促すように、安達さんをそっと見つめた。

「私が受験した高校は、農業高校です。私は、別な高校に行きたかったんですが、母が『普通科だばまんま食っていげね。なはリンゴ農家の倅《せがれ》だべに』と強く勧めました。母は、私にリンゴ農家を継いでほしかったんです。父が死んでからずっと女手一つで私を育ててくれたので、私も我が儘を言う訳にはいきませんでした。高校の授業料だって、奨学金だけじゃ足りませんから、母に頼るしかなかったですし。

仕方ないと頭ではわかってはいても、気持ちのほうは収まりませんで……合格に諸手《もろて》を挙げて喜んでいる母を見るとふつふつと怒りがこみ上げてきて、もらった万年筆を母の見てる前で投げつけてしまいました。それからは私は、母と目を合わさなくなりましたし、話も極力せず、避け続けました。全くもって駄々をこねる子どもですよね」

安達さんは自嘲した。

「母を無視していた自分にも腹が立って、いつもいつもカリカリしていました。母も私が発する雰囲気を感じて当たらず障らずを通してました」

そのエラが丸く膨らんだ。強く噛み締めたのがわかった。

「親に気を遣わせているとわかっていて、なのにどうしようもできない」

——堪りませんよね——。

それから区切りをつけるように、大きく息を吸った。

「それなのに、母は毎日弁当を作ってくれました」

私の心臓がドキッと跳ねた。

「学校の行事表を確認して、実習で遅くなる日や、体力を使う日などは必ず弁当を二つ作ってくれました。家に帰ると、布団は干されてふんわりしてましたし、風呂も沸いてるし、夕飯もできている。自分だって農作業でくたくたなのに、シカトし続ける私のために尽くしているのが、また私を苛立たせました」

私は一体何にそんなに突っ張って、腹を立てなきゃいけなかったんでしょうね——安達さんは泣きそうな顔で笑った。

私はうっすらと罪悪感のようなものを感じ、安達さんから視線を逸らさずにいられなかった。

「引くに、引けなくなることってありますよ」

私はフォローにもならないことを言った。そういうことしか言えない自分が情けなくなる。

安達さんはすみません、と顎を引いて、ますます俯く。

すみません、と謝る相手は、私じゃない、それは彼もわかっているんだろう……。

「私はまだ、弁当のお礼も、万年筆のお礼も伝えていません。母はもう、ベッドから起き上がることができません。年は越せそうにないです」

安達さんの声はしっかりしていた。覚悟が決まっているからなのだろうか。私だったら母がそんな状態ならとてもじゃないけど気丈ではいられない。

「一緒にお住まいなんですか？」

安達さんは何かをすくい上げるように頭を動かして頷いた。

「はい、母が病んだので戻ってきました。私はあくまでも母に楯突いて普通のサラリーマンになったんです。今時、リンゴ農家じゃ食っていけないだろと、かつて母に言われたのを、普通科ってところをそっくり入れ替えて吐きつけて。あのときの母の顔を、私は一生忘れません。……ショックを受けたというか、いや、そんなもんじゃなくて、命綱を断ち切られたような……なんか、そんなような顔でした……」

安達さんは、やるせない笑みを浮かべた顔を隠すように額を掻いた。

癌《がん》を宣告されたときより、そのときの顔のほうが今思えば、ずっと強ばって色をなくしていましたと深く息を吐いた。上下したその薄い肩口が擦り切れて、糸が一本立っていた。

畑は、母親が一人でやり続けていたという。授粉のときと、袋掛け、収穫のときは数日だけ人を頼んで。

「今になって突然、万年筆のことを思い出したんです。なんでかわからないけど。投げつけた後、万年筆をどうしたのかまったく覚えていませんでした。行方不明で、毎日探しました。母に、私の胸に挿しているのを見せたくなったんです。もう、遅いでしょうが」

「そんなことはないですよ」

安達さんの顔から潮が引くように笑みが消えた。ドキッとした。なにか気に障ることを言ってしまったのかもしれない。

「……すいません……」

安達さんは右手で目元を覆うと、ねじ込むようにこすった。

「そんなこと、ないです。……私に謝ることも、ないです」

「はい、すいません……」

万年筆は、母親の鏡台に入っていたという。あの袱紗に包まれて。——うちにしてみれば、かなり奮発したはずです。それが、いっぺんも使われずに。傷がついて。母はどういう気持ちだったんだろう、と思うと……。

切れ切れの言葉が、正確に私の胸を衝いてくる。

ちゃんと、修理させていただきます——と、私は請け合った。


玄関先で、安達さんは赤い目をしばたたかせた。

「なんだか、変な話を聞かせてしまって、申し訳ありませんでした」

「いえ、そんなことないです、全然、そんなことないです」

「……母親って不思議ですよね」

「不思議ですか?」

「ええ。私には多分一生理解できない感情を持ってるんでしょう」

安達さんがぼんやりとした視線を足元に落とした。黒い革靴には靴墨の筋が残っている。

自分で磨いているのだろうか。それとも磨いてくれる誰かがいるのだろうか。

そんな詮無《せんな》いことを思った。

「直りましたら、ご連絡差し上げます」

「はい、どうぞよろしくお願いいたします」

安達さんは深々と頭を下げて帰っていった。

母親って不思議、か。弁当を作ってくれながら、来てほしくなさそうな母を思い出し、安達さんの言葉に深く頷いた。


父に彼の事情を話すと、「傷の上からこすった跡があった」とぽつりと言った。

「安達さんか、お母さんが消そうとしてこすったのかな」

「んだがも知んねな……」

消そうとしたのは、万年筆の傷だけではなかったろう。


四十八工程あり、塗っては研ぐを繰り返す津軽塗は「バカ塗」と呼ばれる。バカに塗ってバカに手間暇かけてバカに丈夫、の三大バカだ。

会津塗《あいづぬり》や輪島塗《わじまぬり》と違って、洗練されたシャープな感じはない。ともすれば野暮ったく重たい。塗り重ねに拘《こだわ》りすぎているせいだ。しかし、「バカで結構」。そこに津軽塗職人は誇りを持っている。

石の種類を換えて何度も研ぎ、細かいところや最後の仕上げは指で磨く。だから父の指はつるりとして指紋が薄く、皮膚が硬くなっている。

底光りする美しさは近寄りがたいという人もいる。

父の仕事の進み具合を見て、塗ろうとする四、五日前に、漆に顔料を十対三から六の割合で混ぜて色漆《いろうるし》を作っておく。色の調整は私が任されているので、これを好きなようにアレンジするのが面白い。かと言ってお客さんの注文をないがしろにはできないので、注文表を確認し、年齢や、贈り物ならば贈り先の好みも当然加味《かみ》する。

父はあれをしろ、これをしろと指示はしない。だから、父がやる次の工程を一手二手先読みして準備する。

今父がやっているのは唐塗《からぬり》だ。卵白と漆を混ぜた仕掛《しかけ》漆にカエルの手のような形で穴の開いた仕掛ベラを浸し、器物に漆をおいていくことによって、唐塗の特徴であるアメーバのような模様を描いていく。

トントントントン。

打つ力加減とリズムを一定にしなければならない。そうすることで、模様の厚さが均一になる。

トントントントン。

どう打つかで仕上がりがガラリと変わるので、常に完成をイメージし、狙い定めておいていく。

私は唐塗の模様が好きではない。なにか、人の気持ちをざわつかせるのだ。不安にさせられる。胸の内の後ろ暗さを炙り出される気がして落ち着かなくなる。

一番好きなのは紋紗塗《もんしゃぬり》だ。紋紗塗は仕掛漆と籾殻《もみがら》の炭で模様を描き出すものだ。光の加減で黒い器物の中に漆黒の模様が浮かび上がるというシックなもの。地の部分は艶消しして強い艶を抑えたもので、艶に厚みがあり、光をぼんやりと反射させる。模様の部分は唐塗やななこ塗のように徹底して研ぎ出し、鏡面に仕上げたものだ。最近はスノーボードにノルディック柄や、名刺入れには持ち主の星座柄などを施させてもらっている。

紋紗塗も下地までは同じ工程だ。その後に、石黄《せきおう》を水で溶いて下絵を描く。模様のデザインを任せられた場合は、考えるのが楽しいし、ポップなダルマとか、現代的なねぷた絵、というオーダーが入ることもある。物珍しいデザインを要求されると、こっちも張り合いが出てくる。

仕掛漆後に下絵を描き、乾かして粗目の籾殻を撒き、乾かし、千番の耐水ペーパーで平らに研ぐ。その後艶上げという作業では、漆の吸い込みが止まるまで漆を擦り付け、和紙で拭き上げ、コンパウンドで磨き、生漆《きうるし》を摺り込み拭き切る。乾かしてさらに磨き、仕上げは角《つの》石《いし》で磨き上げる。

気が遠くなる繰り返しの工程だが、複雑なことは一切ない。私はこの単純作業が好きだ。自分が得意なのかも、才能の有無もわからない。けれどこれだけは時間が経つのを忘れて没頭できる。

修理の終わった椀を瀬戸さんに返したときのことを思い出した。

もう少し乾かしたかったが、命の入れ物を失ったお爺さんが不安定になっているという。以前にかぶれて、免疫ができているのでもう、かぶれることはないと言うが、気休めでもまずは糠《ぬか》に一週間は入れておいてくださいとお願いして渡した。

木箱を開けた瀬戸さんは顔を輝かせた。

「いンやー、ありがっとうございますう」

木箱を抱きしめて目を潤ませた。私も胸がじんわりした。そういう顔を見ると、やってよかったと心底思う。そしてもっともっと質を上げたい、喜ばせたいと思う。

私は唇を湿らせて、父を上目遣いにうかがった。

「おっとう」

「ん」

唐塗を乾燥させている間に、父は今度はななこ塗の模様に使った菜種をガリガリと剝ぎ落としていた。

これまで手伝いと下仕事程度にしか関わってこなかったのは、漆だけでは生活していけないだろうと感じていたし、その厳しさも難しさも目の当りにしてきたから。おまけに母が憎んでいた仕事だ。

そんな津軽塗に、私は入っていいのか。入れるのか。やっていけるのか、と自分に問いかける。

そして。でも、やっぱり――。

私は大きく息を吸い込んだ。

「私、これを仕事にしていきたいんだけど」

ガリガリが途切れた。

父は手元を見ている。

断られるだろうか。断られたら、私はこれから何を生業にしていったらいいのだろうか。

何を生業にできるのだろうか。

「……そうが」

父は静かに承諾してくれた。

「いいの？」

「ん、やってみねが」

「ありがっとう！　……あ、いや、ありがとうございます！」

床に正座し直し、額をつけ挨拶した。けじめは大事だ。

父は鼻を鳴らし、ガリガリを再開した。


「おっとう、ここはどうしたらいい？」

椀を指して聞いた。父が視線を向けた。ギクリとした。思いがけず冷たい視線だった。

「な、職人さなるんだべ、どうすべが、でね。自分で考えろ。自分で考えで、あしたらいいべが、こしたらいいがべがってやってみろ。わだってまだまだ一人前でね。教えるごだね」

ひやりとした。そうか、これからは親方と弟子なのだ。

私は唇に力を込めて頷いた。父のやることを盗むのだ。いちいち聞いていては仕事の邪魔になるだけ。

今までは「手伝い」だった。だがこれからは違う。これで生きていくんだ、と覚悟を決めるということだ。

晴れてはいるが岩木山《いわきさん》から吹いてくる風は冷たい。辞めたスーパーとは別のスーパーまで足を延ばす。きっとあのスーパーには二度と行かないだろうと思いながら。

レジに並ぶと、中年の女性客がごねていた。昨日のポイントを今入れろと要求している。いかにも押しの強そうな顔相と体躯だ。

レジの女性は線が細く、中年女性客の鼻息一つで息の根を止められそうな感じだ。それはできないということを顔を真っ赤にしてしどろもどろに伝えているが、女性客はどんどん興奮して不機嫌になっていく。

「だってあんだ、これアダシが買ったものだべ、あんだのレジさ並んだっけな。覚えでねの？　なあして入れられねってへるの。アダシがじぇんこ出したのさ！」

店のジャンパーを着た男性が駆けつけてきた。彼は女性客に自分は店長だと告げ、ポイントはつけられないと丁寧に詫びた。女性客は当てつけるように紙幣をカルトンに放った。店長が彼女のカゴをサッカー台まで運んで、「ありがとうございました」と平坦な口調で頭を下げた。

私は自分のことを思い出して惨めな気持ちになった。

レジの番が私になった。

「こんにちは。大変でしたね」

思わず、そう話しかけていた。レジ係ははっと目を見開いて一瞬すべての活動を止めた。私を真正面から見つめる。人に見つめられて平気でいられない私はすぐに目を伏せた。

スキャナーが商品を読んでいく。

「ポイントカードはお持ちでしょうか」

「いいえ」

「お作りしましょうか」

ちょっと考えた。背後にはまだ五、六人並んでいる。こういうときにポイントカードを作ったり、熨斗《のし》をつけたり、領収書を発行したりするのは意外とレジ係や、後の客のストレスになる。

「いいえ、今度来たときでいいです」

彼女は素直に頷いた。

レジ係のとき、私は「お客さんは敵だ」と思っていたふしがある。そのことに気づいた。もっとぴりぴりしていた。次の客に何を叱られるんだろう、何を責められるんだろう、客は私を否定する生き物で、自分が得をしようと我利《がり》我利《がり》亡者《もうじゃ》のようにそればかり考えている人種だと思っていた。きっと、そう決め付けていたことは客に伝わっていたに違いない。

店の外に出ると、トンボが目の前を横切っていった。晴れ渡った空にほこ、ほこ、と弾力のありそうな雲が浮いている。

彼女に思わず、がんばってくださいと言ってしまいそうになった自分が恥ずかしくなる。あの人は接客が苦手なんじゃないだろうか。それでも彼女はがんばってきている。私より何倍も、接客が得意な人より何十倍もがんばっている。震える声も、手も、真っ赤な顔も、それを如実に物語っている。

ふと、疑問が浮かぶ。
がんばるのってそんなに奨励されるべきものなんだろうか。奨励されていていいものなんだろうか。ぼちぼちいったらだめなんだろうか。
私は「がんばる」ことから降りた。
思えば、幼稚園に入ったときから私は、自分なりにがんばっていた。それもこれもかなり立派な劣等生だったせいだ。

みんなが字を読み書きできたのに、私はいつまで経っても「ね」と「わ」、時には「ゆ」まで区別がつけられなかったし、「よ」と「の」は必ず鏡文字になった。バネをネバと言い、劇の「そうだそうだ」という台詞すらまともに喋れず、先生をやきもきさせる天才だった。歌えば音は外れ、カスタネットのタイミングは微妙にずれ、長縄跳びに至ってはいつまで経っても入れなかった。縄を回す子のうんざりした顔を思い出す。

「みっちゃんとはあそばない」

とバッサリ斬り捨てられた。

小学校に入っても変わらなかった。給食を食べるのは一番遅く、昼休み中、私だけ教室の隅で食べ続けていた。体操着に着替えるのも遅くて、急いだ果てに後ろ前に着ていた。だから私は集団生活における「人並み」になるために、意思とは関係なくがんばらねばならなかった。普通にできて当たり前のことからしてがんばるしかなかった。

みんなは口々に「がんばれ」と応援し、「早く」と急かした。彼らは親切な「正義」で、私は足を引っ張る「悪」だった。

私は一生懸命力を尽くした。

それでもシャツのボタンは掛け違い、靴は左右反対になり、どういうわけか何もないところで転んで、人と話がかみ合わないままだった。

がんばって得られるものより、追い詰められ失っていくもののほうが多かった。失っていくものは、残念なことに目には見えなかった。だからどれくらい失っていっているのか、そしてあとどれくらい自分は持っているのかが不明で、それが未来をどんどん不安にさせた。がんばらないままのほうがずっと幸せだった。

大体において――。

トタン屋根を細い角材で支えただけの無人販売所で、リンゴ四つ入り一袋と桃四つ入り一袋と大根を買った。全部百円だ。無人販売のある春から秋にかけて、スーパーで青果を買うことはほとんどない。

両手に同じ重さがかかるように袋を提げる。歩くということはなかなかいいものだと気づいた。

景色はゆっくり流れる。電線に止まっているスズメの下を潜る。街路灯はリンゴの形で、まだらに白く汚れた銅製の鳥がどこか途方に暮れた顔をして止まっている。

――世の中を生きていくうえで、そこまでがんばらねばならないことってあるんだろうか。がんばるってことは追い詰められるってことだ。

放っておいても、自分を追い詰める事態は向こうからバンバンやってくるのに、自身がどうして自分を追い詰めなきゃならないんだ。自分くらいは自分を認めて緩ませてやったって罰は当たらないだろう。

橋というよりは、ちょっと見栄を張った踏み板と言ったほうがしっくりくるような橋にも名前がつけられていることを発見した。

橋を渡りきったところで、猫とすれ違った。猫は尻尾をピッと立てて颯爽と行く。まるで勝どきを上げているかのようだ。私には一切の関心を払わないのが好ましい。

蝶が酔っ払ったように飛んでいく。

猫や蝶の形っていいな。人差し指で宙に描いてみる。いつの間にか塗りのことを考えていた。そして、考えるのはなかなか悪くなかった。


花屋の前で足が止まった。

別にこれといって引き寄せられるものはなかった。それまでも過ぎていく景色の一部にすぎなかった。花を買う人は周りに対する自己顕示欲が強い人だと、少しばかり軽蔑すらしていた。

気持ちに余裕が生まれたからだろうか、私はぼんやり花屋の前に佇んだ。

バケツにはたくさんの種類の花が挿してあり、日差しの中、それらは瑞々しかった。店内は床から天井まで花と観葉植物で埋め尽くされて、こぢんまりとしたジャングルみたいだ。細身の男性店員はカウンターでブーケを作っていた。私より二、三歳上だろうか。紺地のエプロンが似合っている。

カウンターの上にでんと据えられている唐塗の花瓶から花を抜き、数十種類はあろうか、背後の棚に引っかかっているリボンやロールを迷うことなく引き出し、流れるようなはさみさばきで適量を切る。その無駄のない手際のよさに見とれているうちにあっという間に丸くかわいらしいブーケが出来上がった。職人だ。

店員がふいに顔を上げた。目が合い、私は失態を見られたかのようにギクッとした。彼のほうはパッと笑顔になる。ほとんど反射だ。これもまた職人技だ。

「いらっしゃいませ」

ハキハキと明るい挨拶に気後れする。ああ、サービス業に向くタイプの見本だなあ。

「……きれいなんで、見とれてしまいました。すみません」

もごもごと言い訳をして頭を下げる私に、店員はにっこりした。新入園児を迎え入れる保育士のようだ。

「ありがとうございます。心を込めて世話をして、話しかけてあげると花も嬉しがって応えてくれるんですよ。この小さな体で精一杯咲いてくれるんです。世話した人へのお礼なんでしょうね」

花に「話しかけてあげる」というのと、花が嬉しがるとか、精一杯とか、お礼とか、私には意味不明だが、心を込めて世話しているというのは理解できた。

「おうちに一本でも花があると気持ちが違ってきます。初めてのお客様なので、サービスしますよ」

「鈴木」という名札をつけた彼は頬をきゅっと上げた。

「お客様」になってしまった。この何気ない自然なスライドに舌を巻いた。

そうなのか、違ってくるのか。どう違ってくるのか。

お好きなお花はどれですかと尋ねられたものの、花の区別はつかない。とりあえず目に付いたのは、かろうじて名前と花の姿が一致するバラで、うっかり指しかける。しかしながら「バラ」と口に出すだに全身の毛がそそけ立ち、いや私にバラはないだろ、花屋でバラはいかにもだろ、と指しかけた指を隣に滑らせた。

「この、花を……」

濃いオレンジの花だ。菊に似たところもあるが、菊よりあけっぴろげで情熱的に見えた。葉っぱがなく、ひょろりとした茎は柔らかくしなり、うっすらと毛に覆われている。

「ガーベラですね。花言葉は神秘・冒険心・我慢強さです！」

「……は」

当惑して瞬きする私に構うことなく、彼はセロハンに包み、黄緑色のレース地のリボンをかけてくれた。花弁も茎も原色に近くて重たい感じなのだが、黄緑のリボンによって雰囲気が澄み、軽くなった。

「眺めていると、わくわくしてきて何か冒険したいような気持ちになりますよね。元気が出てきます。前に踏み出せる勇気をくれますよ」

鈴木さんは愛情いっぱいにガーベラという花を見つめ、私の手に持たせてくれた。

唐塗の花瓶に目を留める。おつかいに出されてしまいました、みたいな顔でおっかなびっくり花を持つ女が映っている。

この花瓶はうちで作ったものじゃないだろうか。どちらでお求めになりました？　と聞いてみたいが、そんなのお宅に関係ないだろう、と思われたらどうしよう。花一本買ったくらいで、そこまで話しかけられたら向こうだって迷惑だよな、うん、そういうことだ。

リンゴと桃の入った袋に花を挿した。

花言葉っていうのはなんだろう。神秘冒険心我慢強さって、私には持ち得ないものじゃないか。

「花が嬉しがって、精一杯咲き、世話した人へお礼をする」ならば、この花は早速私のことを見下すかもしれない。

歩調に合わせバネのように弾むガーベラを見つめる。

私が花を買うなんて。

急に小洒落カブレになった自分に赤面する。行き交う通行人が、果物の間から伸びる花をぶら下げている私を冷笑しているように思えてしょうがない。まるで、中二時代に匹敵する自意識過剰っぷりだ。

道に散らばる銀杏の葉を踏んで、家へと急ぐ。

不意に足をとられた。銀杏を踏みつけた、とわかったときには空がぐるりと回った。

ひゃあっ。

自分の間の抜けた悲鳴が聞こえた。


ユウに出くわさないよう、忍び足で廊下を渡ったつもりだったのに、床板が一声、ギィと鳴った。

どうしてこう、鳴らなくてもいいときに限って張り切って鳴るのだこの裏切り者。

ドアが開いてユウが顔を出した。

ヘアバンドで前髪を上げ、髭を当たったツルツルの肌にローラーをかけている。見る間にその目が見開かれた。

「やっだー、なあにその格好！　きったなあい」

肘《ひじ》や膝《ひざ》、尻に砂と銀杏の恐ろしく芳しい汁を擦り付けた私を指して、腹を抱えて笑った。小憎らしさに、心のうちで舌打ちする。

「つか、超くっさいわよ、ホントどこ歩いてきたのよ。肥溜めにでも落ちたんじゃない？」

私は口角をぐいっと下げた。

転んだが、買ったものは無事だった。身をていして特売の四十円の豆腐だの九十八円の牛乳を守ったのだ。そして一本の花も……。

「あっ」

私とユウは花を見て同時に声を上げた。

「おねえ、その花どうしたの、まさか買ったの？」

「う、うん、まあね、行きがかり上。それよりっなんかしなびてる。どうして」

「水に挿したら戻るんじゃやなあい？」

おねえが花を買うなんてねえ、と茶化しているユウに構わず、慌てて風呂場へ走り、バケツに水を張って突っ込んだ。

「だめよそれだけじゃ。水切りしないと」

ユウがのんびりと背後から注文をつける。

「水切り？　水切りってなに。洗ったレタスや、ゆがいたもやしをざるに上げる要領でいいの？」

「じゃなくて」

んもう、世話が焼けるわね、とユウは風呂場を出て行くと、手に華奢なはさみ——鼻毛カッター——を持って戻ってきた。水面下の茎を斜めにパチンと切る。

「これが水切り」

「ああ、そうなんだ。よく知ってるね」

「乙女のたしなみですから。こうしてあげないと、水を吸う力が弱まって死んじゃうのよ」

「ふうん。あ、知ってる？　ガーベラの花言葉は神秘、冒険心、我慢強さなんだって」

「あっそう、おねえと正反対なのねえ」

私は歯軋《はぎし》りした。

「こうした後はしばらくつけておいて、頭が持ち上がったら浅い水に挿すのよ」

「はあ」

「なによやる気ないわね」

「それより先に風呂に入ってもいいすか」

ユウが思い出したように鼻をつまんだ。


風呂から上がると、台所のテーブルに据えたコップの中で、あれだけうなだれていたガーベラが、音が聞こえそうなほどシャキンと頭を上げていた。

特別なことは何もしていない。茎をちょん切って水道水に放り込んだだけだ。それなのに、いつの間にか体力を回復し、機嫌を持ち直したらしい。その現金ぶりに笑えてきた。

「精一杯……」

そういうことなんだろうか。いや、でもガーベラからはしゃにむにがんばって背筋伸ばしてます、みたいな押し付けがましさも、切迫感も感じられない。水を飲んだから元気になっちゃった、という成り行き任せな緩さが残っている。


ほーい、ほい。いだがえ～？

玄関から声がして、同時に戸がガラリと開いた。吉田のばっちゃだ。

「みょうがかねが？」

回覧板とざるをたたきに置いた。薄紅色の引き締まったみょうががてんこ盛りだ。

「わあ！　ありがっとう」

吉田のばっちゃは福々しい笑顔を見せた。ばっちゃは首を伸ばし廊下の奥へ視線をやった。

私の部屋から、かすかな物音がした。

「とごろんで、おんちゃまはどしてら」

ばっちゃの目に隠し切れない好奇心がにじむ。

「……ユウは、まあ、在宅ワークしてる」

あまりこういう話はしたくないが、他人はこういう話題が大好物だ。近所でもうちのことは噂になってるかもしれない。……かもしれない、じゃなくて、なってるに違いない。弟がオカマで、母親は出てっちゃったんだから。この、何の楽しみもない町では、そんなことすら格好のエンターテイメントになり得る。

「はて、在宅わーくずのはなんだべ」

「家でパソコンばしてるの」

「はあ、会社さ行がねくてもいってが」

ばっちゃには理解しがたいらしい。

「きのな、トラ柄のむったど短ぇパンツこペラペラど穿いで、ひじゃかぶまでの長靴引っ掛げで、赤ぇジャンバー羽織って歩いてらって」

よく見てる。ちなみに惜しい。トラじゃなくてヒョウだ。トラのパンツじゃ雷様だ。という私もチーターとヒョウを間違えた口だが。

ユウが昼間に外出するのは珍しい。

「ユウはどさ向かってらった？」《ユウはどこに向かってた》

「駅のほうだな」

胸が高鳴った。駅の方には花屋がある。

「歌っこ歌ってせ、スキップばしてらった。いやまんつきれぇに白粉塗ってせ、まなぐ玉なんちゃ、こったにでかくて、バホバホどまつ毛長がっきゃ。いやあ、おっきためらし《女の子》だどおもったら、なんちゃ、おめんどごのおんちゃまでねぇが」

身振り手振りを交え、目を見張ったり顎《あご》を引いたり、ばっちゃの声は次第に大きくなってくる。私は部屋のおんちゃまを気にして落ち着かなくなる。ばっちゃから奥を遮るように体をずらした。

「そっ、それにしても立派なみょうがだぁ。どうせば《どうすれば》、おいしぐ食べられるがな？」

「んだなあ、味噌付けで焼いだり、酢味噌和えにしたり、そいがらほれ、三杯酢さ漬けるっつのもおつだな」

「ああ、なるほど。そい《それ》だばおいしそうだね」

「とごろで、おかさんははあ、こっちゃ来ねんだが」

「え？」

そうきたか。

「まあ、離婚して一年以上も経ってるから」

「わぁ、この間の朝ま、見だおんた気がしてれ」

「おっかあを？」

「ん」

それはきっと弁当を持ってきたときなんだろう。

「なあしにこの辺り、歩いてらんだべど、ひょんたい《おかしい》なあと思ったどもせ、人違いだばまいね《だめだ》と思って、声っこば、かげねがったんだ」

「ああ、そうなんだ……」

声をかけられていたら母も気詰まりだっただろう。

「しても、はあ、みんなおがったはで、おかさんもまんつアレだべにの」

「んだよね」

なにがまんつアレなのかわからなかったが、大きく頷いておいた。

「みっこちゃんはスーパーさ、はあ、行ってねのが？」

「はあ、辞めだよ」

「辞めだ!?」

ばっちゃは腰掛けていた玄関マットから落っこちそうになった。

「なあして。わぁ、なも知らねがったじゃ」

つい、苦笑いを漏らしてしまった。

「漆、やろうど思って」

「おろぉ。そいだばみっこちゃんさ合ってらよ」

ばっちゃが太鼓判を押してくれた。


玄関のすりガラスに影が映った。耳障りな音を立てて戸が開いた。

「おろー、吉田のばっちゃでねが」

父がマットに座っているばっちゃに親愛な視線を向ける。

「おお、こりゃおどさ。仕事終わったんだが」

ばっちゃも振り仰いで歓迎的に見上げた。

「んだ、今日ははあ、終えだ」

「ご苦労さんだなあ。みっこちゃんが漆ば継ぐどごでらってな」

「ああ、んだ」

父はなんの屈託もなくごく自然に頷きながらサンダルを脱いで上がった。山盛りのみょうがを見て、「わいはっ」と驚く。

「こりゃまだばっちゃどごで採いだみょうがだが」

「んだ」

「いやーでっけえなあ。こいだば、んめごったな」

ばっちゃは褒められて舞い上がり、トラ柄のおんちゃまも、離婚したおかさんのことも、みっこちゃんの退職のことも頭から吹っ飛んだらしい。

父にまで調理法を事細かに伝授すると、達成感満々にようやく腰を上げた。その際に「あんだも大変だばって、けっぱりあんせ」とおせっかいを忘れなかった。

父はやれやれ、と面目なさそうにため息をついた。


台所にざるを運んだ私は、束の間、依然としてシャキッとしているガーベラを見下ろした。鈴木店員は嫌な客に遭遇したことはないのだろうか、とあの笑顔を想起した。

幸せな人と不幸せな人の違いって何だろう。あの人は、もしかしたら「いいこと、いい人」しか記憶に残さないのかもしれない。

私はといえば嫌なことしか記憶に残さない。

わかっているんだ、もう二度と同じ苦痛を味わいたくないって意識が強いばっかりに、傷つくことを極端に厭うせいで余計に「嫌なこと、嫌な人」に敏感になってしまうってことを。落ち込んだり、嫌悪感を持ったりするのは簡単だ。笑っていられるなんて、本当はすごく強くて、大変なことなんだ。

あの彼は、きっとどこへ行ってもうまくやっていくんだろう。

「……私は反対だ」

花は、私のため息で揺れた。


みょうがに味噌とみりんを塗って炙り、海苔で巻いた。残ったのはピクルスにする。豚のしょうが焼き、なめこの味噌汁。レンジで温めた朝炊いた玄米。ユウの分は食卓カバーを被せておいた。

父は夕飯ができるまでテレビを眺めながら、足の裏の皮をむしって大人しく待っていた。

「できたよー」

声をかけるといそいそと台所に入ってきて、焼酎のビンを小脇に挟み、盆にコップと箸と夕飯をのせた。仕事から解放され酒を前にした父を美輪明宏あたりが見たら、そのオーラは虹色だと断定するだろう。こういう父を私は嫌いじゃないが、母は憎んだ。

母の父親は酒乱だったそうだ。母は殴られ蹴られ、お前など死んでしまえと吐き捨てられたという。その話をするとき、母の目には見る間に涙が浮かんだ。肩を震わせ縮こまる彼女は、まるで小さな子どものようだった。

私が祖父母の家に遊びに行くようになった頃には、祖父は糖尿病を患い、禁酒せざるを得なかったから、母の言う「酒乱」を目の当たりにしたことはない。

「嫁いだばしのおどは酒ば飲む人でねがった。ばっちゃんは、息子が酒飲みさなったのは、嫁のせいだって、わば、責めだおんだ」

姑への恨み言を言う母の吊り上った目と、腿《もも》の上の白くなった拳《こぶし》は忘れられない。

生きてきて、嫌なことしかなかった、と母は一点を見据えて呟いた。

その話が出るたびに、私は内心うんざりして、よくすぐに話題を変えていた。

母がこの家にいたときに、話をちゃんと聞いて、そして抱きしめてあげていたらよかった。


「花か」

フライパンを洗っている手を止め、振り返ると、父がポカンとガーベラを見ていた。

「……ガーベラって言うんだって」

「なしたの」

「なしたのって……買ってきたんだよ」

「はあ」

父はポカンとしたままの顔を私に向けた。その顔は、五十越えのおっさん相手に表現するのもなんだが、なかなかに無垢だった。

「きれいでしょ」

思わず頬を緩めると、父もまた目を細めた。

「ああ、きれーだもんだなあ。花があるってのはいいもんだ」

うん、うん頷きながら焼酎を運んでいく。たぶん、仕事中だったら花を見ても和《なご》まなかったただろう。――目に入らなかったはずだ。

豚のしょうが焼きと、みょうがの味噌焼きに父はしょうゆを回しかけた。母が出て行ってから、しょうゆの減りが早い。

「おっとう」

テレビに顔を向けたまま、みょうがを口に入れている父に声をかけた。

「ん」

「それ、しょっぱくない？」

「ん」

テレビから目を離さない。政治のニュースだ。私はいまだに衆議院と参議院の区別がつかない。

「かけたの、しょうゆじゃないよ」

嘘をついてみた。

「ん」

政治ニュースから芸能ニュースに移った。父が顔を向けた。

「ん？」

やっぱり聞いていない。私はこれみよがしにため息をついた。

「生姜じょうゆで焼いたのだからさ、しょうゆつけなくてもしょっぱいでしょ」

「……」

父は生姜がしょうゆですっかり洗い流された豚肉をしげしげと見た。ぴらぴらと震える肉から滴り落ちている。

「……ああ……」

ああ、じゃないよ、まったく。

「血圧高いんだからさ」

頭のてっぺんは薄くなり、目尻は垂れ下がり、腹が出てきた。耳から顎にかけて皮膚がたるんでいる。その皮膚もくすんでいて艶もない。歳を取ったなあ、としみじみ感じた。三百六十五日休まずたゆまず飲み続け、しょうゆを毎食切らさないのも影響しているんじゃないのか?

血圧高いんだからさ。

母がよく忠告していたことを、自分が口にするとは思いもよらなかった。

父は肉を皿になすり付けて申し訳程度にしょうゆを落としてから食べた。どことなくしょぼくれている風情が、その丸まった背中から立ち上っている。

明日、しょうゆに水を足しておこう。

体を伸ばして、背後の電話台にぶら下がっているメモ用紙をちぎった。裏の白いチラシを切ってビニール紐で綴ったものだ。そこに「しょうゆに水」と書いておく。

それから、ほかにやることはないか、と考えて「花の水替え」と付け足した。

「しょうゆさ水なんてへれるな」

父が渋い顔をした。

「あ、見られた。こっちは気にしないでテレビ見てればいいのに」

「しょうゆさ水って」

「おっとうの体のことを考えてんだからね、心配してるんだから」

鉛筆のお尻でメモを叩く。父はちょっと眉を上げて、頬骨の辺りを赤くした。薄くなった白髪頭をバリバリと掻く。

さらに私は書き足す。

「酒さ水なんてへれるな」

父が悲しそうな顔をした。

「まだ見てる。こっちは気にしないでテレビ見てればいいのに」

「酒さ水って」

「おっとうの体のことを考えてんだからね、心配してるんだから」

しかし、父はしょうゆのときと違ってこそばゆいような顔はせず、ただひたすらみすぼらしくうな垂れた。

さすがに可哀想になり、「酒に水」を二重線で消した。父の背筋が伸びる。水を得たガーベラのようだ。実際は酒を得た、おやじなのだが。

「おっとう、酒ばっかり飲んでないで玄米食べな」

父のコップに伸ばしかけた手が止まり、箸がみょうがに伸びた。

「おめは、アレみてなごど喋るんだな」

母のことは「おっかあ」から「アレ」に変わった。


後片付けをして、ユウの分の夕飯にラップをしていると、目と鼻の部分が開いたシートマスクをのせたユウが顔を出したので、私はぎゃあっと悲鳴を上げた。

「び、びっくりするじゃん。その顔でうろつかないでよ特に夜！」

「なによ、人を化け物みたいに」

ユウはこもった口調で文句を言う。マスクの上からマイナスイオンの霧が出るという美顔器を当てている。

男が女に化けてるんだから化け物と大して変わらないじゃん。

「あっ思い出した。お客様用のお菓子、食べないでよ。出すときに足りなかったら大変でしょ」

「アタシじゃないもん」

「じゃあ、誰が食べたのよ。おっとうは甘い物食べないんだからね」

睨み付けると、ユウは目を逸らして泥棒猫がいるのよ、とうそぶいたので、私は口をあんぐりと開けてしまった。泥棒猫はあんたでしょうがあああ！　と叫びたかったが、それじゃあー昔前の昼ドラなので、ぐっと我慢した。

「お菓子の一つや二つ、ネットでどーんと買ってあげるわよ、いい大人がそんなことで怒るもんじゃないわ」

「なんでそういうとこだけまっとう人ぶるわけ、訳わかんない。つか、あのお菓子はネット販売してないんだからっ」

「お菓子なんてなんでもいいじゃないの、そんな小ちゃなことに拘《こだわ》ってちゃストレス溜まる一方よ」

ユウは飄々とペラリ、とマスクを剥がした。

「ストレスはお肌の大敵。便通の大敵。溜めたって一つも得することなんかないわ」

私は目を閉じて、眉間を指圧しながらため息をどっとついた。

「仕事終わったの？」

「うん」

「今食べる？」豚のしょうが焼きとみょうがを見せる。

「ううん、今食べるとお肌に悪いから明日の朝にするわ、リンゴ食べる。もっちりー、しっとりー。どお？　毛穴見えないでしょ。新しいの買っちゃったー」

美顔器を顔の横で振り、頬をつるりとなでてから顔を近づけて確認させようとする。

「いくらしたのよ」

「安眠のために知らないほうがいいわよ」

もっちりー、しっとりー、毛穴見えな〜い、と美顔器を私の顔面に向けて噴霧した。目くらましを食らって、クラっとする。

霧を追い払うとユウは、リンゴの皮を剥いていた。包丁捌《さば》きはどういうわけか母譲りで、私より上手だ。彼氏に手料理を振舞っているらしい。なのに、家での自炊は一切しない。

皮は一度も途切れず、三角コーナーに降りた。

かぶりついてしかめっ面になる。

「おえっ辛くない大根を食ってるようだわ」

「まだ早かったんだね。焼こうか?」

「ただ焼いたってこんなの絶対おいしくならないわよ。捨てちゃお」

三角コーナーに放り投げようとした手を慌ててつかんだ。

「だめ、もったいない」

「ンもう、おねえはなんでも節約節約って、ママンみたいになってきちゃったわね」

芯をくり貫いてバターをのっけて砂糖をふりかけオーブントースターで焼いた。

「あら、いいにおい」

ユウはそれをぺろりと平らげて「おいしい、もっとちょうだい」と催促した。

「美容に悪いから一個にしておきなよ」

「このスイーツ簡単でおいしいから彼にも作ってあげようっと」

両手の指先を胸の前で合わせてぴょんと踵《かかと》を上げる。床が軋んで私をぞっとさせた。


明日の米を研いで、土鍋にセットし、流しを洗って水気を拭き取った。カビとゴキブリ対策だ。実物のゴキブリは見たことがないが、いつ出現するかしれない。一滴の水で二週間は生き延びるという桁外れのつわものに油断は禁物だ。

五徳《ごとく》の油の塊と焦げ付きも気になる。明日はこれを浸け置き洗いしてみよう。たしか、重曹と歯ブラシで取れたはず。

エプロンのポケットからメモを取り出して「五徳」と書いた。「冷蔵庫のパッキン」「風呂の目地のカビ取り」それから……。

メモがたくさんの用事で埋まっていくのが楽しい。自分が一歩一歩進んでいる気がする。

掃除を終えて電気を消すとき、ガーベラに気づき、月明かりが差し込む窓際にコップを置いた。

煌々とした月のおかげで、空の果てまではっきり見える。薄い雲が月にかかると、行燈《あんどん》のような柔らかい光をくれた。

月の光に当たると、美人になれると聞いたことがあった。

「花屋」

小さく一番下に書いた。


「まだ起ぎでらってが」

「ひゃあああっ」

背後からの声に、軽く四十センチは跳んだ。慌ててメモを胸に抱き振り返ると、耳に指を突っ込んだ渋面の父がヌボウっと突っ立っていた。腹巻をしてステテコを穿き、裸足のままだ。水切りカゴを覗き、そこにコップがないのを見ると、一瞬途方に暮れ、五十路のおっさんが「こっぷ」と小さい子どものように呟いた。

食器棚にしまった、と教えるよりも先に、そこは大人だ、肩を返して食器棚からコップを取った。蛇口を思い切りひねって、コップに水を叩き付け豪快に四方八方に飛び散らかす。別に怒っているわけじゃない。これで普通なのだ。そしてこれが、母に目くじらを立てさせた要因の一つだ。

「ああ、せっかくのゴキブリ対策が……」

思わず嘆くと、父は腰に手を当ててくーと飲み干してから「ゴギブリど？　いだのが？」と足元を見回した。

「わ、五十年生ぎできていっぺんも見だごだね。見でみてもんだ」

「いないけどさ、出たら嫌なんだもん」

「いだら逃がしてやれ、ゴギブリだってオケラだってアメンボだって一生懸命生ぎでらんだはで」

世の中の女子を敵に回すようなことを放言した。ここでも一生懸命か、とまたうんざりする。そんなに一生懸命生きなきゃならんのかね。

父はもう一杯水を飲むと、歩調に合わせて調子よく屁をこきながら寝室へ戻っていった。

自分の部屋に戻ると、ムッとする化粧品のにおいに咽《む》せた。

ロココ調の鏡台の前にずらりと化粧品のビンが並んでいる。ユウが蟹股矯正のプロテクターを装着し、鏡台にのめりこむようにして肌の手入れをしていた。

鼻歌なんか歌って、十数本のビンやらチューブから手際よく塗り込んでいくさまは職人ゲイだ。

「それ、塗る順番とかってあるの？」

ヒョウ柄のクッションやファッション誌を避けて窓際のベッドを目指す。鏡台を挟んで置かれた二台のパソコンの折れ線グラフや数字が忙しなく書き換えられていく。

「そーよー」

口をOの字にして頬を伸ばし、丹念に塗り込む。ユウの手さばきなら漆だってかんっぺきに塗れるだろうに、「手が荒れるし、汚くなるから嫌。地味なのはゴメンだわ」と毛嫌いして絶対にやろうとしない。おねえがやればいいじゃないの、と丸投げし、父を密かに落胆させた。父は息子に家業を継がせたかったのだ。それなのに、息子は興味を示すどころか嫌悪し、あまつさえムスメになってしまったんだから、卒倒したのも無理はない。立ち直ったことに感心すらする。そのときに父を支えたのはやっぱり漆だったのかもしれない。

「よく間違えないね」

「間違えるわけないじゃないの」

「どうして」

何かを踏んづけて小さく悲鳴を上げた。足をどけるとシルバーの指輪だった。内側に「N.Y」と彫ってある。

「これ」

放ると、ユウは器用にキャッチした。

「あっ、どこにあったの？　アタシ随分探したのよ、ありがとー」

すぐに左の薬指にはめて満足げに眺める。

「ニューヨークってなに」

「はあ？　違う違う。ニューヨークなんてわざわざ彫るバカがどこにいるのよ」

「ごめん、あんたがそのバカだと思ったんだ」

「もらったのー」

芸能人が結婚指輪をカメラに見せるみたいに、ユウは私にひけらかした。

「彼氏からの？」

「そうなの、アタシたち交換し合ったのよ。ナオトとユウ」

肩をすくめて首を傾げる。気持ち悪いが可愛い。きっと、ユウはこういう仕草を練習したんだろう。なよなよした背筋とか、肩を内側に丸めることとか、内股歩きとか、振り返るときの腰のひねりとか、それからガムを踏んづけたとき上体をひねって肩越しに足の裏を確認することとか。

私は何一つ、女性らしくなるための努力をしていない。何もかもがどうでもいい私が女で、努力していい女になろうとしているユウが男。世の中うまくいかないもんだ。

「自分を愛してるから」

「は？」

「だから、間違えないで塗れるのはアタシをアタシが愛してるからよ」

ユウがぬちぬちと音をさせてクリームをほっぺたにすり込んでいく。別のビンを振って手のひらに出し、手をすり合わせたものを今度は首筋に塗っていく。ユウの指はほっそりとして真っ直ぐだ。一方の私の指は漆で荒れ、関節は突き出ている。こんな指に指輪は似合わないし、そもそも薬指に指輪がはまる予定はない。

「おねえも、ちゃんとケアしたほうがいいわよ。二十代前半で決まるんだから」

「何が」

「肌よ、今が勝負なの。ここで手を打っておかないと老化は加速度を増すのよ」

なんでそんなことも知らないの、と呆れられた。

「なんなの、老化って。毎日新しい細胞ができてるんでしょ」

「バッカねえ」

ぐるりと目玉を回した。

「細胞は新しくできても、そのできる細胞自体が劣化しているのよ」

「は」

思わず首を突き出した。

「コピーを繰り返すと、コピーしたてでも質が悪いのが出てくるでしょ、それと一緒」

ぬりぬりぬり……。

私はユウの化粧ポーチをまたいで、ユウのベッドを踏み越えて、どん詰まりの自分のベッドへ潜り込んだ。

「そんなに念入りにして……明日デートなわけ」

「やっだー。そーなのーわかるぅ？　おねえってばカンが良くなってきたじゃなあい？」

ユウは上機嫌で振り返った。私はさっと布団を被り、それから恐る恐る目元まで下げた。

ユウのまつげは、ただでさえ濃いのに美容液を塗りたくったおかげで迫力あるカラスの濡れ羽色、パック液をのせた唇は健康優良児のナマコだった。化け物以外の何物でもない。寝る前に見たいものではない。こんなオカマの一体どこがよくて付き合っているというのか。そのゲイの彼氏とやらといっぺん、膝付き合わせてとことん話し合いたいものだ。

居間でテレビを眺めていたユウが、整形しようとしているおねえタレントをくさしたことがあった。

「整形は別よ。それやったら違うわ」

そのときもユウは顔に塗り込み、ゲルマニウムローラーをかけていた。足は、むくみ取りのプロテクターのようなもので固定していた。両足骨折した人みたいだった。そこまで美容に拘るのにこの化け物はしかし、整形するつもりはないらしい。

私は洗ったブドウを盛り上げたざるを食卓に置いた。吉田のばっちゃからのいただきものだった。皮を捨てるボウルも用意する。

「何が違うの」

「だってアタシじゃなくなっちゃう。そりゃあ顎の骨削って、眉の骨低くしたら女っぽい顔になるわよ。でもアタシの顔じゃないわ。アタシの顔じゃないってことはアタシじゃなくなるってことでしょ。顔はアイデンティティでしょ。アタシはアタシだから好きなのよ。アタシじゃなくなったらアタシはアタシを好きでいらんないもの。整形って、そういうことでしょ」

つまんだブドウで私を指した。

「……さあ、そうなの？　考えたことなかったけど」

「マジで!?　おねえ、整形考えたことなかったの」

「……どういう意味よ。でもこの人たち、自分の顔が嫌いなんでしょ、そのせいで自分のことも好きになれないんでしょ。整形したら自分のこと好きになれるって言ってるじゃん」

「そこよ」

よくそこに言及してくれたとばかりに、頷き、ブドウをちゅっと啜った。

「素の自分を好きになれない奴がよ、整形したくらいで本当に好きになれると思ってる浅はかさがアタシはもどかしくて、ムカつくわけ」

ムカつくもの全てが皮に凝縮されているかのように、皮をボウルへ荒っぽく捨てた。

どうやったら彼女みたいにここまで自分のことを好きになれるんだろう。そりゃこれだけ自己愛が強けりゃ整形なんてしないだろうなあ。

あのとき、なんかそんなことを思って、私もブドウをつまんだのだった。


朝日を浴びたガーベラはいよいよ元気だった。

ユウは朝食も食べずに化けるのに心血注いでいる。

「あんまり化け過ぎると、かえって尻尾が出るよ」

「いいのよー、尻尾が出たアタシのことも彼は愛してくれてるもの」

そりゃあそうだ。出ていると言えばもうとっくに巨大な尻尾は出てるんだから。

ユウは単純にオシャレが楽しいらしい。刺激的なレースのショーツも、フェミニンなブラジャーも売るほど持っている。私の箪笥をチェックして、ベージュと白しかないって終わってるわね、と勝ち誇り、もしかして処女なんじゃないの？　とコケにしていた。オカマにいくら勝ち誇られたってコケにされたってちっとも悔しくない。

いいのよ私は一生ベージュと白でいくんだから。

みょうがのピクルスはいい感じに色が出てきた。あと二週間もすれば食べられるようになるだろう。母に返す弁当箱と一緒に、漬け汁ごと密閉袋に詰め、新聞受けに入れておいた。秋刀魚の塩焼き、コカブの浅漬け、かぼちゃの煮物、みょうがの味噌汁で朝食を済ませた後、リストに書かれた用事を片付けるたびに線で消していくのは充実感をくれた。

買い物の帰り、花屋を覗くと、レジにいるのは女性店員だった。

鈴木さん、今日は休みなのだろうか。それとも休憩中なのだろうか。

店員の女性は伝票のようなものを書いていたが、私の気配に気づいて顔を上げた。目が合って私の体は強張った。女性店員は一瞬キョトンとしたが、気持ちを切り替えた笑顔を向けた。

「いらっしゃいませ」

口を大きく動かした、パッパッと強く空気を弾くような口調にいやが上にも緊張が高まる。

なんとなく、仕事のできる女という感じで、もたもたしていたら叱り付けられそうだ。

「あ、ど、どうも……」

彼女が私の次の言葉を待っているようなので、目が泳いでいると自覚しながら、言葉を探した。

「あのぉ、鈴木さんは……」

すずき、と口から出したとたんに、顔が熱くなる。女性店員の顔をさっと憂いが走り抜けた。

「ああ、彼は辞めたんですよ」

え。声が引っ込む。

「どうして……」

彼女は肩をすくめただけで答えてはくれなかった。知っているようだったがそこはプライバシーなのだろう。

「彼がどうかしましたか？」

「あ、いいえ……」

「まあ、鈴木は人気がありましたし……」

女性店員は鎌のような眼をして、薄ら笑いを浮かべていた。その笑みの意味を私は知っている。

『青木さんて、田中君のこと好きなんでしょ、でも彼のタイプって……』

小学六年生のときの女子同士のひそひそ話が耳に甦ってくる。そのときの彼女たちの顔と、目の前の店員の顔は瓜二つだった。

クラスの田中君は学年随一に大人しく、ピアノ教室に通っている男子だった。大人しいというだけで私の中ではヒットだったが、加えてピアノを弾くなんてデコレーションケーキに花火が刺さっているようなものだ。私は彼に少しでも近づきたくて放課後、学校のピアノで練習を重ねた。ようやく弾けるようになったのは「さくらさくら」のみだったが、それでも私は満足だった。

そのまま店を出るのに気後れして、店先のバケツに大雑把に入れられている花を一本求めた。

女性店員に新聞紙にくるんで輪ゴムで留めたものを渡された。受け取って、大根や人参の入ったエコバッグに挿した。

唐塗の花瓶のことを尋ねると、「さあ、私は知りませんね。もしかしたら、鈴木が勝手に置いたものかもしれません」とそっけなかった。

田中君が同じピアノ教室に通っている美少女と付き合っていると耳にし、私の恋は終わった。しばらくはピアノを見るのも嫌だったが、やがて再び弾いてみては切なさに浸り、その調べに癒されていった。


本屋に寄って花の図鑑を調べた。

買った花の名前は「アスター」花言葉は「さよなら」「甘い夢」。

「おいおい……」

図鑑に一人、突っ込む私から、立ち読みしていた両隣の客が一歩引いた。

「さよなら」「甘い夢」を長持ちさせるのは癪だったが、花に罪はない。むしろ、ろくでもない花言葉をなすり付けられたのは大変気の毒である。名付け親が違っていたら「麦畑でつかまえて」とか「くじけないで」となっていたことだろうに。


水切りしてコップに挿し、ガーベラの隣に並べた。アスターはくるっと回って私に顔を向けた。

花に罪はないとはいえ、あんまりいい気分じゃないので、そうっと回して、その顔を日に向けてあげた。空は果てしなく晴れ渡っている。泣きそうになるくらいの青空って言うけど、本当だ。押しつぶされそうな、逆に吸い込まれそうな、どちらにしても自分が消されてしまいそうな怖さを感じる。

お昼の弁当を抱え縁側に座る。中身は知っているのに開けるときはワクワクする。弁当は外で食べても家の中で食べても楽しい。皿にのっかったのより美味しく感じる。どうしてだろう。ただ皿から箱に替わっただけなのに。

ユウが帰ってこないので、一つ余る弁当を横目で見やる。父に持って行ってやろうか。父は気づくだろうか。

前掛けをして工房へ行った。

父は椀に布着せをしているところだった。上塗以外は父の緊張感もさほどではない。

「お昼だよ」

「おう」

きりのいいところで手を止めて、腰を上げた。長く胡坐をかいているので伸ばすのに痛みが生じるらしく、しばらくさすらねばならない。

床の上に直に弁当を二つ置いた。椀やコップなどの商売物は台の上だが、自分たちが食べるものは床なのだ。

「お、弁当が」

「うん」

「皿にのせるより手間がかかるべなあ」

父は相好《そうごう》を崩した。

私たちは向かい合って食べ始めた。父は真っ先にたまご焼きを頬張った。

「おおっ、め。ながこさえだたまご焼き食うのは初めてだども、めでぃえ」

「あ、ああそう……そう？」

大層褒められ、動揺して顔が赤くなったのがわかる。わざと持ってこなかったしょうゆを要求することなく、父はたまご焼きもひじきの煮物も食べていく。

しょうゆを水で薄める必要もなかったじゃないか。明日から弁当にしようかしら。


早朝、六時前のことだった。たのもおおおという怒鳴り声が外から聞こえ、朝食を作っていた私はその場で跳ねた。

一体どこの道場破りだとびくびくしながら出てみると、禿げ頭でもっさりと白髭をたくわえた仙人のような爺さんが両手で杖を突いて仁王立ちしていた。その眼光から並々ならぬやる気を感じる。

足元には小汚い犬がうなだれていた。なんだか所帯やつれした犬だった。

「お、おはようございます」

とりあえず挨拶をしてみる。仙人は完璧に無視した。

「わの、こいば直へ」

入れ歯をガフガフいわせながら恫喝《どうかつ》するがごとく、ずいっと鼻先に突きつけられたのは杖だ。漆塗を模したスプレー塗装だ。それにしても随分と手荒に扱ってきたものだ。傷だらけだし、剥げて斑《まだら》になっている。

「これ元は金属ですね」

仙人の顔つきが険しくなった。

「金属にゃ塗れねってのが」

「いえそういうわけじゃないんですが、この塗ってあるのは漆じゃなくて一般的な化学塗装の……」

「ここで買ったんだ！」

仙人が怒鳴り、犬と私はびくりとした。

「もお、なあに朝っぱらからうるさーい」

背後のドアが開いた。ユウが目をこすりながら出てきた。金髪の寝癖に、頬から顎にかけてちくちくと髭を覗かせ、ヒョウ柄のネグリジェを着ている。

仙人が一瞬たじろいだ、犬も、私も。

「あら、お客さんなの？　おはようおじいちゃん」

ユウはぐうっと伸びをした。天井に手のひらを押し付ける。

「その杖、修理してほしいわけ？」

「むむむ」

仙人は川平滋英のような唸り声を上げた。私に目を転じ、「こいつはなんだ」と杖をユウに向けて私に尋ねた。

杖の動きに合わせて犬がびくりと身をすくめた。

なんだと言われても、弟と答えるべきか、妹と答えるべきか、ニューハーフですと告白すべきか。

「あら、このわんちゃん、相当びびってるようね。どうしたの？　この杖が怖いのかしら」

ユウがしゃがんで犬の顔を覗き込む。寝起きのオカマに相当なプレッシャーを感じているらしい、犬の尾は濡れた筆のようにしおたれて股の間に収まっている。

私はユウの襟首をつかんで犬から引き剥がした。

「杖っつーか、あんたにびびってる割合のほうが大きいのよ。びびってる犬に近づいたら噛まれるからやめなさい」

声を潜めてたしなめる。

「んまっ失礼な。違うわよ、このわんちゃんは絶対杖にびびってるのよ、やい仙人」

ユウは日常会話でなかなか聞けない掛け声を放って仙人を指差した。仙人の顔が引きつる。これまでの仙人人生の中で、「やい」などと呼びつけられた経験がないのかもしれない。少なくとも、オカマに。

「この杖の傷、わんちゃんを殴りつけてるね！」

「な、なにば根拠さそったただごど！　失礼にもほどがあるべさ！」

「よくもまあ、いけしゃあしゃあと『直せ』なんて言えたもんね、ええ？　直してまたひっぱたくつもりでしょ」

「ななな……」

「ユウッ」

襟を握る手に力を込めると、ユウの喉からぐぐぐっと牛の鳴き声のような声が漏れた。

「名誉毀損で訴えるど」

「おお、訴えてもらおうじゃないの、こっちは動物愛護法でいくわよ、とことん、やってやるんだから」

「こいつめ！」

仙人が杖を振り上げた。ユウが蹴り上げようと足を突き出した。そのとき、犬が吠えた。

私たちは感電したみたいに動きを止めて犬に注目した。

犬の耳は震えていた。尾も股の間から出ようとしない。なのに、犬は仙人を庇うようにその前に立ち、身を低くしてユウに牙を剥いている。

「んなあによこの犬。あんたを擁護してやろうってんじゃないの、そのアタシに楯突こうっての？」

犬は見事なビブラートを利かせ、唸り続けている。

「上等じゃないの、恩知らず！　喧嘩なら負けないんだからね、かかって来なさい」

ユウが私の手を振りほどいて犬に飛び掛かった。犬も果敢に挑んできた。

「ユウッ」

「クロッ」

仙人が杖を振り翳《かざ》した。犬は耳をぴたりと寝かせ、すぐさま平伏した。目が怯えきっている。仙人は勢いそのままに打ち据えた。躊躇《ためら》いはなかった。骨を打つ不気味な音が響いた。

犬は鳴かなかった。

時間が止まった。

息が、吸えない。

仙人は、殴りつけたことでさらに内なる攻撃性に火がついたのか、大きく振りかぶって何度も何度も殴りつけた。

や。

「やめなさいよ！」

私より先に、ユウが仙人の杖に飛びついた。仙人が転び、ユウは杖を奪い、私はユウの腰にしがみつき、犬は私に噛みついた。

「いっ」

悲鳴を上げた。犬が離れた。犬に表情があるのかどうか、そのときまでわからなかったが、ある、と思う。犬はしまった、という顔をしていた。なんともナサケナイ顔だった。酔っぱらって粗相をしてしまった父のような顔をしていた。

「どやしたのよ」

襖が開き、この騒動でようやく父が起きてきた。顔がパンパンに浮腫んでいる。尻餅を突いている仙人と、杖を振り上げているユウと、腕を押さえている私と、それから当惑している犬を順繰りに見た。

顎をなでる。

「なんだがよぐわがんねども、とりあえず、上がってもらいへ」

父は顎を居間へ向けた。

仙人は腰をさすりながら私たちについてきた。左足を引きずっている。杖を突いてはいても、一歩踏み出すごとに体のバランスが大きく崩れた。

居間に揃ってもユウは仏頂面のまま謝らなかったし——アタシに限って謝るような過ちは犯さないわ、という鉄壁のエゴ的信念から、たとえ閻魔様《えんまさま》に叱られても謝らないだろう——、仙人もユウを睨み据え、口を真一文字に結び、乱れて絡まっている髭をひたすらなでている。犬は玄関に控えていた。

お茶と、茶菓子のブッセを出そうと戸棚を開けると、当てにしていたものがすっからかんになっていた。

おのれ、ユウ！

何かないかと探したが、高野豆腐と海苔、小麦粉くらいしかない。

とにかく何か出さなきゃ。食べ物を出せば、たいていの人は気持ちが穏やかになるものだ。

小麦粉と、奥に手を伸ばし、何年物か定かじゃないベーキングパウダー――箱が湿ってゆがんでいたが、この際気づかなかったことにする――を掘り当てた。砂糖、卵、たっぷりのバターで、パンケーキを作った。適当だが、なんとか見た目だけでもパンケーキ風に仕上がった。

お茶と一緒に出し、ユウを一睨みする。彼女は私の殺意を右から左に受け流した。

「一体、なにがどうしたずのや」

父があくびを噛み殺しながら、私に事の顛末《てんまつ》を聞く。

「それが……」

どっちの肩も持たないように事実だけを述べるように気をつけた。父はふんふん、と事務的に聞きながら、起き抜けの頭の中を覚醒させていくようだった。

「血が出たんじゃないの？」

ユウが向かいの仙人にようっく聞こえるように私の腕を心配した。

袖をまくり上げて確認する。

「……ううん、大丈夫」

「でも赤くなってるわ。明日になったらアザになるわよ」

仙人を睨み返す。

「まったく、犬の躾《しつけ》がなってないわね」

それからにんまりとほくそ笑んだ。

「おじいちゃんがこっちを訴えるって言うなら、動物愛護に加えて、傷害でも逆に訴えてやるんだから」

これ、ユウ、と斜向《はす》かいに胡坐をかいている父が窘《たしな》めた。しかし、父もまた仙人に謝らなかった。

「杖は、わがりあんした。修理致しましょう。半年ほどお預がり致します」

「パパ！」

「半年も!?」

仙人が目を剥いた。

「んです、完全に硬化しねんばカブレるはで。そのためには半年の時間が必要です」

「んだば、わはその間、どしたらええのせ。杖っこなぐして歩げねがべし」

「そごはわんどがどうせこうせず、話じゃありません。自分で考えでください」

父は突き放して腕を組んだ。

「ほがの工房でもふとつ《同じ》だど思いますよ。どっちゃ回ったたって、最低半年ぁかがる。それ前さ仕上げろずのだばそりゃ、漆のふりした化学塗料だな。その杖、漆塗なんだすべ？」

「ここで買ったんだ」

まだ言っている。うちで化学塗料を使ったことは一度もないってのに。

「ここにゃあ、ねんども、よその工房さば新すぃ杖っこもある。お宅さんがよければ、その工房ば紹介してもいいし」

仙人はすぐに頭を横に振った。

「新しいのはいらね。こいば直へ」

「んだばわがりあんした」

料金を伝え、注文票に署名してもらう。

長谷《はせ》仙三《せんぞう》。

ホントに仙人だ。字はひどく震えていた。父はさっさと杖と注文票を持って出て行った。

仙人がお茶を啜ってパンケーキに手を伸ばした。手づかみでもつもつと食べ始める。その様子にユウは眉を上げ、目玉をぐるりと回した。

「杖は、大事な物なんですね」

そっと話しかけてみた。仙人は顎を動かしながら「あだりめだ」とつんけんし続けている。そんなに怒り続けてよく疲れないものだ。

「そんなに大事な物でよく、犬を殴れるわね」

ユウが私の思っていることをあっさり指摘した。仙人が憎しみを込めた目をぞろりと上げる。

「クロはどうしよもねバガ犬だ」

「は？」

ユウがネグリジェの裾をはだけ、片膝を立てた。本気の喧嘩腰になったので、慌てて座卓の下で尻をつねった。

ユウが涙目で私を振り返ったが、無視した。

「というのは？」

私が促すと、仙人は自分のお茶を飲みきって、私のお茶をたぐり寄せようと身を乗りだした。私は自分の口をつけていないままの冷めたお茶を差し出した。仙人は餓鬼のように奪うと喉を反らして飲み干し「めぐね」と顔をしかめた。

「わ、お茶よか珈琲のほうが好ぎだ」

ユウがだったら飲むなよ、てか何様、ここは喫茶店じゃねーんだよ、と鼻息荒くだんだん

男性化し始めたので、

「ユ、ユウちゃん、そろそろほら、市場《しじょう》が始まるんじゃないかしら、どこかの国の。ね」

と腰を叩いて追い立てると、ユウは案外素直に立ち上がって居間を一歩出た。それから振り返って仙人に向かって中指を立て、部屋へ引っ込んだ。


私は台所で珈琲を淹れた。呼吸を深くして、ゆっくりきちんと淹れる。

だんだん気持ちが平らになってくる。

珈琲を淹れるとき、湯気と共に必ず母の姿が立ち上る。

香りがたなびいていく。


「お待たせ致しました」

仙人は香りをじっくり嗅いでから口をつけた。

「素人芸だな」

「そうですねぇ」

私は目を細めた。なぜか、仙人が、酒乱であったという母の父に似ていると思えたからだ。

うろ覚えの顔は全く違っているのに。

仙人は黙って珈琲を飲んだ。

その背後をユウが玄関の方へ横切っていった。

仙人のカップに珈琲を注ぎ足した。

「あの杖は」

仙人はなみなみと注がれた珈琲に目を落としている。

「孫が買ってけだおんだった。アルバイトの初給料で」

私は、ああ、と息だけで相槌を打った。優しいお孫さんなんだな、と思ったが、下手なことを言うとまたご機嫌を損ねさせる恐れがあった。

「それでな、わは杖突いでせ、クロど散歩さ行った」

普段は行かない大型車が頻繁に行き交う大通りまで足を延ばしたのは、杖があったからだ。

「わ、浮がれでだんだ……」

交差点に差し掛かったとき、横断歩道の向こうに、その孫が立った。バイト帰りだったようだ。孫は仙人に気がついて片手を振った。

と、仙人が持っているリードが引っ張られた。若かったクロは孫の姿を見つけるやいなや興奮して飛び出したのだ。仙人は引っ張られてバランスを崩し、路上に倒れた。クラクションが鳴り響き、排ガスと土埃《つちぼこり》混じりの熱い風が目の前を通りすぎる。急ブレーキの音がして、ゴムの焼けるにおいが吹きつけた。

「あのバガ犬め、孫さ守られだんだ。孫ぁ、あっただほずなしな犬ば守って轢《ひ》がれだ……」

つばを飲み込む音が聞こえた。

「まんっつ、孫もバガだ。犬なんちゃどんでもいがったべに。わさ、金使うよか、自分の好ぎだもん買えばいがったべに。どうへ十七で死んでまるんだば……」

必死に押し殺す感情が髭を震わせて漏れてくる。仙人の目の縁が赤くただれていく。

私は見ないようにうつむいた。

十七歳の少年はまさか自分が死ぬとは思ってもみなかっただろうな。明日もあると疑っていないからバイトに通うのだ。

なして、なしてなして……。仙人は腕を振り翳し、腿を殴りつける。血の気の失せた骨と皮ばかりの拳をゴツ、ゴツ、ゴツと。肉のない腿は、骨を打つ音を響かせる。

クロを殴りつけていたときとなんら変わらない。

もしかしたら、あの杖はクロだけじゃなく、自分をもこうやって殴りつけていたのかもしれない。

「お孫さん……」

仙人が拳を止めた。

「杖を渡すとき、嬉しそうじゃありませんでしたか？」

仙人の顔が上がった。涙も鼻水も混ぜこぜになっていた。余計なお世話かと思ったが、ティッシュの箱を差し出すと、仙人は数枚を立て続けに引っこ抜いてそっぽを向き、乱暴に涙と鼻水を一緒に拭った。

「……にこかこしてらった……嬉しそうだった」

「そうですか……」

「漆塗だはんで、高がったんで、と小鼻ば膨らがしてらった……」

涙も鼻水も止まりそうになかった。私ももらい泣きしていた。

「そうですね。じゃあ、大事にしてください」

仙人が顔を向けた。

「完璧に直します。お孫さんが汗水垂らした代償と命を懸けた代償を、大事にしてください」何かを傷つけるためではなく。「お願いします」

頭を下げた。

命を懸けた代償が、玄関で細く鳴いた。

仙人は癇癪を起こしたように最後に思い切り鼻を啜り上げた。

玄関にユウがしゃがんで、その向こうにクロが座っていた。クロは口をもぐもぐ動かしている。私たちに気づいたクロが、立ち上がってこちらへ首を伸ばした。ろくでもない飼い主……いや、ろくでもなくなってしまった飼い主でも、クロはこの仙人が好きらしい。

クロの様子の変化に、ユウが振り返って片眉を上げた。

「あら、もうお帰り？」

仙人は憎々しげに鼻息を吐いた。

「何けでらっきゃ？」

「ちくわ」

「ちぐわっ」

「ちくわを嫌いな犬っていないでしょ。『忍者ハットリくん』のほら、あの獅子丸《ししまる》」

「忍者ハットリくんずのはなんだ」

仙人は『忍者ハットリくん』を知らないようだ。ＣＳで放送されていたアニメです、と私がフォローする前に、ユウが小バカにした。

「仙人のくせに忍者も知らないの？」

うん、ユウ、そりゃちょっと指摘するところがズレている。仙人はひどく苦々しい顔をした。

仙人がクロの頭に手を伸ばす。なでるのか、と思いきや、手のひらをぐいっと押し付けた。クロは踏ん張って頭を立てている。

仙人は草履《ぞうり》に指を通すと手を離して体を起こした。どうやら、クロを杖代わりにしたらしかった。

私とユウは顔を見合わせた。

「行こう《あべ》」

クロに声を掛け、リードを取った。クロの股の間から尾が抜け出て、尻の上に巻かれた。戸を開ける。

「できあがりましたらご連絡差し上げます」

仙人の背に声をかけた。

「なが持ってこい」

私とユウは顔を見合わせた。

ビシャっと戸が閉まった。

私たちはそっと戸を開けて、東に向かう仙人の背を見送った。クロはリードを弛ませたまま数歩行くたびに仙人を振り返って待ち、仙人は大きく傾《かし》ぎながら、ズルペタズルペタと草履を引きずっていく。

「あの犬、白いのにクロって呼ばれてたね……」

私はクロと呼ばれている犬を想った。どういうつもりで仙人はクロなんてつけたんだろう。

「白くもなかったけどね」

ユウはバッサリ吐き捨てた。

犬は、黒い真ん丸い眼で主人をひたむきに見上げる。

仙人が立ち止まり、犬に顔を向けた。その口元が震える。犬の耳が立つ。

それからまた、仙人は歩き始めた。犬の尾が、そっと揺れた。

後ろ姿は、雄弁だ。

その向こうから、新しい朝日が彼らを照らしている。


杖は、化学塗料を薬品で拭い去り、漆を焼き付ける方法をとることになった。

父のしょうゆ対策の一環として、弁当箱に詰めた夕飯を食べ終わって後片づけをしているときだった。

玄関が開いた。

「ただいま〜」

珍しくユウの「ただいま」を聞いた。よほど嬉しいことがあったのだろうか。

前掛けで手を拭きながら玄関に向かった私は、廊下の途中でぴたりと立ち止まった。

ユウの後ろに、あの人が立っていた。

「パパンもいる？」

ユウが廊下の奥を見やる。

私は呆然としたままあやつり人形のように頷いた。

「よかった、ちょっと大事な話があるのよ。……入って」

ユウは体をずらして背後に立つ人に声を掛け、招き入れた。

「この人、鈴木さん、鈴木尚人《なおと》さんていうの。こっちはアタシの姉の美也子」

鈴木さんは、花屋の店先と同じ、自然で爽やかな笑みを浮かべた。

こんばんは、と挨拶をしながら明かりの中に立った鈴木さんは、私を見て、目を見開いた。

「あれ、もしかしてこの間ガーベラを買ってくださった方じゃないですか？」

私は唾を飲み込むように頷いた。鈴木さんの顔にぱぁっと笑みが広がった。

「ユウちゃんのお姉さんだったんですか。わあ偶然ですね。全然似てないから気が付きませんでした。その節はちゃんとご挨拶もできませんで、失礼しました」

鈴木尚人です、と体を折った。私はやはりあやつり人形のまま、同じように頭を下げた。ぎぃ、と腰が軋《きし》んだ。

私は居間に二人を通し、窓を背に座ってもらった。風呂に入ろうとズボンを脱ぎかけている父を脱衣所から引っ張ってきて――もちろん、ズボンを穿かせ直して――居間に据えた。目をキョドキョドさせている父はこれから何が起ころうとしているのか、てんでわかっていなかった。というか、今何が起こっているのかすらわかっていなかった。

それは私も全く同じだった。あまりの混乱に、私はガーベラのコップにお茶を注いでしまうわ、敷居で蹴躓《けつまず》いてぶちまけてしまうわ散々だった。それでもユウは朗らかに笑っていたし、鈴木さんも穏やかな表情を崩すことはなかった。

父の向かいに、ユウと鈴木さんが並んで座り、私は襖に寄って正座していた。盆を腿の上に、まるでこれ以上の攻撃から身を守る盾のように立てて畏《かしこ》まっていた。


結婚します。

ユウが、言ったようだった。

ケッコンシマス。

鈴木さんが座布団を外し、畳に手を突いてお嬢さんをぼくにくださいと男らしく申し出た。

オジョウサンヲボクニクダサイ。

父は震えていた。私の位置からは、震える右拳を左手で必死に押さえているのが見えた。私は今、怒っているのだろうか、悲しんでいるのだろうか、絶望しているのだろうか……。いや、今は自分の感情を吟味している場合ではない。父がまた卒倒しやしないか、そっちに気を配るほうが先だ。

何も発言しない父に、ユウはにこにことこれまでの経緯と、今後の計画を告げていく。

鈴木さんとはネットで知り合ったこと。付き合って二年であること。二人はオランダに渡ること。オランダで式を挙げること。そのため、国籍を移すこと。

「お、おおおおめ、そっただこと……」

「パパンがなんと言おうと、アタシはもう成人してるのよ。お金のことならパパンには迷惑かけないわ、彼が向こうでガーデナーの仕事を見つけてあるし、それにまあ、数年は働かなくても食べていけるだけはあるのよ、ね？」

鈴木さんと目を見合わせて頷き合う。息はぴったりだ。

ユウの左手を凝視する。「N・Y」の指輪。

私よりよっぽど計画性があった。

「お、おおおめ、そっただこと……」

父が発言したのはそれだけだ。ほかには何も言わなかった。

言えなかった。

ユウは有無を言わせぬ真っ直ぐな視線と、強い笑顔で父を黙らせたのだ。

私も一言も、言えなかった。

父だって、ここまできたらもう、諦めるしかないじゃないか。承諾を得ようというのではなく、報告だったんだから。

ユウが羨ましい。彼を手に入れたということではなく、その確固たる姿勢が、死ぬほど羨ましい。あの自信の出処は、きっと「アタシはアタシを愛してる」ところなのだろう。

私が自信を持つ日は来るのだろうか。


鈴木さんが帰ると、父はすぐさま部屋に引きこもった。

私はもやもやしたまま流しを磨いた。もやもやしていても、流しは私に関係なくピカピカになった。明日の米を土鍋にセットし、いつもとなんら変わらぬ時間に部屋へ入った。

ユウをまたいでベッドに潜り込む。

「おねえはこれからどうするの？」

「は？」

「漆、やれそうなの？」

結婚を決めた勝者の余裕？　と皮肉を言いそうになった。私は、弟を対等な女子だと認識しているのだろうか。

「さあ、どうだろう」

闇に溶けている天井を見つめた。どこにも視線を固定できず、心許《こころもと》なくなる。

「わかんないけど、面白いよ」

「面白いの？　漆が？　マジで言ってんの？」

ユウが頭を起こして、私を覗き込んだ。

「うん、面白い」

闇の中に両手を突き上げた。

指先は見えないが、そこに染み込んだ漆は確かに見える。

「ふうん」

「ふうん、て」

「おねえには合ってるわね。漆で大作家になって見返してやりなさいよ」

「見返す？　誰を」

ユウは鼻で笑った。わかってるでしょ、これまでにおねえをバカにしてきた人達をよ。

「なんだ……知ってたの？」

「それからおねえを知らなかった世界中の人を、よ。さあ、これからが見ものだわね」

私も鼻で笑った。ユウと話していると何もかもがうまい方に転がっていくしかないような気がしてくる。

「おねえにお礼言わなくちゃ」

「なに？」

「リンゴのバターシュガー焼きを教えてくれたでしょ。あれで彼、結婚を決意したんだって。男は胃袋を掴まれるのが一番弱いのよふふふ」

「……ああ……」

できるだけ、フラットにため息をつく。

「……おっかあのたまご焼きも作ってあげたの？」

「ううん」

「どうして。あれ、あんた一番気に入ってたじゃない」

「焼いたのよ何回も焼いたのよ。でもねママンのたまご焼きにはならないのよ。だから諦めたの。アタシが納得できないのをダーリンに食べさせるわけにいかないわ」

リンゴのバターシュガー焼きは真似できたってわけか……。妹にあっさり追い越されるんだなあ……。

「ねえユウ、もしかして鈴木さんにうちの唐塗の花瓶とかあげた？」

「花瓶？　ああっそうそう。そんなこともあったわね。思い出したわ。確かにあげた。ずーっと前にね」

「おっとうから分けてもらったの？」

「ちっがうわよー。そんなのパパに頼める訳ないじゃないの。作ったものの気に入らなかったみたいで、廃棄物のところにあったのを拾ってちょちょっと塗ってみたのよ。そしたらまあ、なかなか見られるようになったからあげたの。それだけ」

「ちょちょっと、って」

「手が汚れるのが嫌だからね、ゴムの手袋はめてさ。尚ちゃんすっごく喜んでくれたわ。未だにアレが廃材だったなんて気づいてないんだから、かわいいもんよねぇ」

鈴木さんの顔が思い浮かんで、切なくなった。

体を返してユウに背を向けた。

「あら、どうしたのおねえ。なんで泣いてるの？」

「別に」

すっかり鼻声だ。鼻水がじょうじょうと流れてくる。啜り上げたらあからさまに泣いてるとばれてしまうが、抑えられない。

後頭部がつつかれた。顔を向けると、闇の中に白いティッシュが浮かんでいる。

「もしかしておねえさ……尚ちゃん」

ぎくりとした。

「尚ちゃんとアタシの結婚のこと祝福してくれてるの？」

「……はい？」

力が抜ける。ティッシュを引き抜いた。

「パパンがさ、あんなに怒ったでしょ。おねえもあの場で何にも言わないからてっきり反対してるんだと思ってたの」

心底おめでたいやつ。もう、どこから突っ込んでいいかわからなかったんだよ。反対するってんなら、もっと遙か前にあんたそのものに反対してたかもしんないけど。あんたがそうなるどの時期から反対していいのかわかんなかったんだよ。つーかもう、それ以前にショックで、頭も心も凍り付いちゃって口を利くとかいうレベルじゃなかったんだよ。言葉が思い浮かばなかったんだよ。

「あの時、『ユウがいてくれて助かった』っておねえ、言ったでしょ」

いつのことだ。

走馬灯のように思い出してみる。死ぬんじゃないかってくらい激しく脳みそを回転させる。

「あの時そう声をかけてくれて嬉しかった。ああ、アタシ、いいじゃんって自分のこと肯定できたのよ。それにね、前も言ってくれたでしょ『いてくれるだけでいいから』って」

そんなこと言う機会なんてあったっけ。

「あんたはいつでも自分のこと肯定してんじゃない」

てへへ、とユウは芝居がかった笑い方をした。

「パパンに、『お前みたいな恥さらしなんぞいらん、出て行け』って怒鳴られたことがあるのよ」

「え、本当!?」

思わず身を起こした。ユウは隣のベッドで仰向けで目を閉じている。ツヤツヤの唇が月光を受け、ジェリービーンズのようだ。

「でもおねえはやっぱりアタシのおねえね。祝福してくれてありがとう！　アタシオランダで幸せになる！」

いきなりユウが私を抱きしめた。

「うぐっく、苦しいバカ力！　あんたは熊かっ」

「たまに帰ってくるわね。おねえもいい人見つけるのよ。なんならアタシが紹介してあげる、オランダにはいい男がいっぱいいるんだから」

「いいいらないっ。あんたのいい男ってのはみんなゲイなんでしょ苦しい離せっ」

野太い声がきゃあきゃあと歓声を上げる。その声を聞いているうちに涙は引っ込んでいった。

明日になったら、祝福できる。「おめでとう」と、きっと、心から。


快晴だった。昨日、熱湯を頭からかけられたガーベラも、「さよなら」「甘い夢」のアスターもしゃきっとしている。皮肉か。

玄関のたたきにサーモンピンクのスーツケースを置いて、ユウが振り返った。鉛筆が乗りそうなまつげをしばたたかせる。新色のリップが、美容液マスクをし続けた唇に映え、顔を明るく見せていた。

「ユウ、おめでとう、あんたはこれからもっともっと幸せになるんだからね」

ユウの唇は戦慄《おのの》き、見る間に目の周りが桃色に染まる。ぷくり、と大粒の涙が、隈取《くまどり》された目頭に浮かんだ。

ユウが泣いたのを見た最後はいつだっただろう。

放課後、ランドセルを鳴らし、校門へ向かう私は何の気なしに校庭へ視線を向け立ち止まった。

鉄棒の前にうずくまっていた。

ユウだった。

長い長い影が、私に届きそうで、届かない。

転がったランドセルのふたが開いていて、教科書や筆記具が散乱している。

近付くにつれ気がついた。背中についたたくさんの靴の跡に。

そっと名前を呼ぶと、ユウは顔を上げた。泥だらけの顔に鼻血を垂らしていた。

俄《にわ》かに状況を受け入れられない。心臓が跳ね、体が急激に冷えていく。

ユウはてっきり人気者だと思っていた。明るくて、誰とでも仲良くなれる子。

「何してるの、ほら、帰ろう」

私の声は、自分でも驚くほど——。

平坦だった。

ランドセルを取り上げた。土や草が詰まっていた。逆さにして振り落としてから、靴下を脱いで拭った。教科書を拾い上げると破れ落ちて、暴力的で稚拙な落書きが見えた。ユウは這って飛びついた。

慌てて拾い集める小さな背中が震えていた。靴のスタンプを背負って震えていた。

「ユウ、立って、帰るよ」

ランドセルを背負わせてそのスタンプを隠した。腕を引っ張るとユウはその手を振り払った。

私は黙ってユウを見下ろした。いつまでしゃがんでいるつもりなのか、と責めようとして、はっとした。

ユウは股間を押さえていた。

「……誰にやられた」

ユウの肩が跳ねた。

「殺してやる。誰にやられた」

ユウは首を振った。ガタガタガタガタと震え始める。

「大丈夫だユウ、私はまだ子どもだから人殺しをしたって刑務所に入ることはないんだ。言え」

ユウが私の足に飛びついた。ぎゅううっと力いっぱいしがみついて嗚咽を漏らした。

私は瞬きせずに、ユウの、草がひっからまる脳天を見下ろしていた。

やがて、ホタルノヒカリが流れてきた。「下校時間になりました。校舎に残っている児童は寄り道をせずに帰りましょう。明日も元気に登校しましょう。さようなら」

落書きの文句は「キモイ」「玉なし」「ガッコウくるな」という泣きたくなるほどセンスの腐ったもので、股間に絆創膏《ばんそうこう》を貼ってある絵は鳥肌が立つほどダサかった。

ぼくなんか、いないほうがいいんだ。

ユウがしゃくりあげた。

「そんなことない。ユウはいるだけでいい。それだけでおねえは心強い」

私はしゃがみ、ユウの目を覗いた。

「いい？　ユウ。ちゃんと聞いて。絶対忘れないで。ユウがいるだけで、おねえは嬉しいんだからね」

ユウは顔を上げた。私の言うことが本当かどうか疑っている。昨日まで、そんな目を向けることはなかった。

涙と鼻血混じりの鼻水を、袖口で拭ってやった。

私だったら不登校になっているところだが、ユウは翌日も学校へ行った。

こいつがツイていたことは、女子を味方につけたことだ。女子は「ユウちゃーん」と迎えに来てくれた。ユウは嬉しそうに飛び出していった。


ユウは苦もなく世間を渡ってきたと思っていたのは、私の勝手な思い込みだった。

「こら、いい男が泣くんじゃない」

私まで泣きそうになる。ユウはあの頃と同じ顔になっているが、そこから胸をえぐられるような切迫感だけが消えている。

「やだぁ、アタシ男じゃないもーん」

肩をバシっと叩かれた。

「これ、おっとうから」

父は見送りに出てこない。ただ、朝、台所のテーブルの上に袱紗に包まれた手のひらサイズのものが置いてあった。

「え、パパンから？　なにかしら、餞別《せんべつ》？」

いそいそとほどいたユウは口をつぐんだ。私も言葉を失くした。

漆塗の手鏡だった。

「……やっだぁ、パパンたら、手鏡なんかアタシ売るほど持ってるのにぃ」

無造作に袱紗で包み直した手鏡を、目に押し付け肩を震わせた。


ユウは、もしかしたら私の鈴木氏に対する淡い想いを知っているのかもしれない。

父の想いを知っているのかもしれなない。

彼女は、すべてを理解しているのかもしれない。

私は、女のキモチしか知らない。しかも、上っ面の女のキモチ。人の心の奥深くなんて知りたくもない、覗きたくもない。どうせ、ヘドロのほうが美しいと再確認させられる代物に違いないのだ。そう思い込んで顔を背けてきたことを、ユウは真っ向から見つめてきたのかもしれない。

ユウは男と女のキモチを知っている。二つの気持ちがわかるなんて、人の二倍は経験しているということだ。二倍、辛酸をなめたということだ。恐れず、少なくとも、恐れていることを周りに悟らせることなく、いつだって自分は自分なのだ、と背筋を伸ばして立ち続けた。

鈴木さんのミニクーパーが迎えに来て、二人は去っていった。

「ユウ！　おめでとう！　おめでとおお」

大きく手を振った。庭の筵《むしろ》の上で大豆を鞘《さや》から出していた吉田のばっちゃが立ち上がって、キョトンとした顔をこっちに向けた。

新聞受けには、相変わらず弁当が二つ入っていた。母は、知らないのだ。手紙がついていた。

『みょうがのピクルス、おいしかったです。上手にできたね』

思わず頬が緩んだ。

朝食の後、工房に行った。父が掃除をしていた。慌てて私も掃除をし、昨日、サラダ油で洗って道具箱にしまっていた刷毛を出して、サラダ油をとるために灯油で洗う。

父は布でたんぽを作り、色漆をアイポッドケースに押し付けていた。わずかながらＵＳＢや仏壇などの注文も入っている。

私は杖の研ぎをやる。

ひたすら研ぐ音、仕掛べラが当たる音、一つ一つの動きに伴う音が、どんなにそっと動こうが大きく響く。

刷毛の毛が短くなってきたので、柄を削って毛を出す。

道具を作る職人がどんどん減っていっている。もう手に入らなくなる。一つの道具を大事に使い続けなければならない。

弁当は、たまご焼き、秋刀魚の梅生姜煮、カリフラワーとブロッコリーのサラダ。梅干と味噌大根のおにぎりだった。

たまご焼きを頬張った父が、ふと尋ねた。

「アレは、ユウのごどぉ、おべでら《知っている》んだが」

おにぎりが、喉に詰まりそうになる。やはり父も、これを作ったのが母だとわかっていたのだろうか。

「……なんで」

「なんでって、おめんどは、血が繋がってら親子だべ」

その言い方に、自分は全くの赤の他人だというような突き放した冷たさを感じた。

「知らない、と思う。だって、知ってたら」

床の上の二つの弁当を見下ろす。……ユウは知らせるだろうか。もし、知っていたとして、母はそれでも届けてくれたのだろうか。二つ。

「漆の」

父は迷いながら声を出した。

「なに？」

「うん……漆の弁当箱だば、湿気がちょうどいぐ調整されんどもな」

弁当箱のふたには水滴がついている。プラスチックだと湿気を逃がさないから、時々、中身がグチョグチョになるのだ。

確かに漆の弁当箱なら呼吸するので、べちょべちょには絶対ならない。

だが、漆器は椀でさえ七、八千円はする。弁当箱のような指物《さしもの》になると、二、三万円に跳ね上がる。そう簡単には買えない。

「な、やってみねが」

「は……」

箸からたまご焼きが落ちた。目が泳いだ。

「私が？　やっていいの？　いや、いいんですか？」

「売り物でね。いっぺんやってみなが」

私は前のめりになった。頷いた。

「やります！　やらせてください！」

何度も頷いた。

昼食後、弁当箱の注文のため、父が電話した木地師《きじし》の佐々木さんがやってきた。父と同じ年輩の彼は私が小さい頃からの馴染みだ。いつも毛糸の帽子を被り、青いつなぎを着て長靴を履いていて、仕事のとき以外は酔っ払ったように締まりのない顔をしている。

父と佐々木さんは、工房の真ん中に縄座布団を敷いて胡坐をかいた。床に二人が映っている。

「えへへ、おろー、みっこちゃんも本職さなるってが、いやめでたいねえ。なに、弁当箱こさえるってが」

「漆だば弁当箱さばさ、もってこいだ。中のモンがあめる《腐る》ごどもねし、石油塗ったのど違って体さも悪ぐね」

父が言う。三内丸山《さんないまるやま》遺跡から出た木には漆が塗られてあった。漆は防腐効果が高いから千年もたせることも可能だ。どこだかの徳の高い坊さんがミイラになるべく、漆を飲んだというくらいだ。

「こさえるよか、買ったほうが安いし早ぇんで」佐々木さんは中塗《なかぬり》をした椀を眺めながら、軽口を叩く。「それに指物ぁ、お椀こどがの丸こいもんど違って、難しい」

椀は手首の回転で、一息に塗り上げられるのだが、指物は角や隅が命だ。下地のヘラの角度、砥石を差し込む角度が難しい。漆が溜まってはいけないし、漆の厚さも均一にするには熟練の技が必要だ。

「どんだ、塗りぁ、儲がってらど」

佐々木さんがお茶を啜って尋ねた。

「儲がるってが。佐々木んどごぉあどんだっきゃ」

「などごどふとつ《同じ》だ。かつかつだ」

二人して豪快に笑う。

「みんなしてよう、ありゃ、百均だが？　あゆどごで買うんだ。何がら何までバガになるだげ安。だあして一っつ二万がらする弁当箱だの買うんだっきゃ。百均だば二百個も買えるんで。どもなんねさ」

「二百個買ってよう、毎年投《捨》げでっても二百年はいいおんなあ」

「一っつの何十年も使う人ぁ、いねぐなってきてる。手間暇かげるのは、時代さ合わねんだ」

「みんな、へわしねんだおんな」

「んだんだ。そったに急いでどすんだがなあ」

「わはよう、でぎあがるのば待づってのも楽しみの一つだど思うんだがなあ」

「待でねのせ、今の人だぢぁ」

犬の方がよっぽど「待て」ができるおんだ、と二人は笑った。

「結局よぉ、金持ぢの道楽さなってまってんだよ、伝統工芸品ってのはよ」

「使えば使るほど味が出はってくるずのがわがんねんだびょん。手さも馴染むし、そうなれば物でねくて家族さなるんだ」

「ここでそったただごどぉ喋くってれもしょうがねんどもな……」

佐々木さんは笑みの残滓《ざんし》を張り付かせたまま帽子に手を突っ込んでガリガリと掻くと、ため息をついた。お茶を飲み、茶碗を両手で包むと、ポツリと言った。

「わ、そろそろ辞めようがど思ってよ……」

父も私も驚いた。

「どうしてですか」

思わず口を挟んだ。佐々木さんは私に寂しげな笑みを向けた。

「ん……息子も継がねずべし。継がせらんねよ、こったただ斜陽産業。これじゃあ食ってげねがべ。先がね」

本心を吐露してしまってから、はっと私たちの顔を窺った目は、しまった、と言っていた。

「いや……その……。継いだばしのみっこちゃんば前さ言うごどでねがった、こりゃ悪がった」

「謝らないでください、このままじゃ廃れてくってのはわかってるんです。でも、でもなんとか持ち直せるかもしれないじゃないですか」

二人が私に注目した。なんの考えもなく言ってしまった。

「……新しい模様にしたり、もちろん、伝統技法は基本です。その上でアレンジを加えて発展させ、常に使ってもらえる定番ものをもっと力を入れて作りましょう。職人だ伝統だってことに胡坐をかいてちゃダメです」

「いやあ、美也子ちゃんも立派になったなあ、ははは……」

苦笑いした佐々木さんが、帽子の中に手を突っ込んでがりがりと掻いた。

その直後、

「よそ様の家の釜の飯食《か》ねえで苦労のひとつもしたごだねえ、ままごとみてぇに塗師の真似事始めだばしのめらし《小娘》が、生意気な口叩ぐでねえっ！」

窓ガラスが震えるほどの父の怒号が飛んだ。あまりの剣幕に身がすくんだ。

怒られた……。

ぎゅっと目を閉じ、体を縮めた。でも同時に、あれ？　と思った。学校で、パート先で、先生や店長、客に何度となく怒鳴られたときは、しんしんと胸が冷えるばかりだった。風呂に入っても一向に暖まらないほど。

今はじんじんとしている。冷たくはない。


そろそろと目を開けた。父は腕を組んでそっぽを向いている。その喉元がどっどっどっどと脈打ち、組んだ腕の中で、落ち着きなく手を握ったり開いたりしていた。

「みっこちゃん、今、わんどが精魂込めて時間かげでこさえだ漆器はよぉ、デパートさ置いでも、銀座の高級店さ置いでもらっても、まんつ売れねんだ。みっこちゃんだば、どせばいいど思る?」

佐々木さんが取りなすように話の水を向けてくれた。

父は依然、腕を組み口をへの字にしたままだ。私は慎重に、言葉を選びつつ答えた。

「手作りというところが武器になると思うんです。それから色んな企業とコラボしたり。海外の販路だって考えてもいいんじゃないでしょうか。ヨーロッパのほうでは日用品も修理して使うのが一般的ですよね。エコが徹底されてるし、漆は体や環境に害にならないっていう強みもあるし。そちらに売り込みをかける方法だってあるでしょ？　私は外国語は全然ダメですが、でも勉強していきたいし」

「海外って……」

佐々木さんと父が顔を見合わせた。

「ロット数だの関税だの制約あって、そううまぐいぐもんでね」

「そりゃ簡単ではないでしょうけど」

言い淀んで俯いた私の脳裏にユウが浮かんだ。

「オランダにならツテができました」

父が息を飲むのがわかった。

「オランダ？　なしてオランダ？」

佐々木さんが帽子を直した。眉を動かすたびにずり落ちてくるのだ。

「まあ、そごはあれだ……みっこの知り合いがそっちゃ渡ったつーだげだ」

父が慌ててお茶を濁した。

「佐々木さん辞めないでください、お願いします。絶対持ち直します。何百年も続いてきた伝統を絶やしちゃなりません」

どうして昨日今日弟子入りした私がここまで肩入れしてるんだろう。もう一人の自分が冷静に首を傾げている。

正直言って伝統もクソも知ったことか。とにかく、これしか私の生きていく道はないんだ。

私に言わせたのは崖っぷちの切迫感だけだった。

佐々木さんがにやっと笑った。

「みっこちゃんはおべでらがどーが知らねが、しめし《おしめ》が取れる前に工房さ入ってらったんで」

「え、そうなんですか？」

自分がいつからここに出入りしていたかなんて全く考えたこともなかったし、初めて入ったときの記憶なんてまるっきりない。

「カブレなかったんですか？」

「漆カブレぁ一種のアレルギーみてえなもんだはんで、おやじが漆の免疫あれば、その子どもも免疫持って生まれでくるもんだ。だはんで、カブレねっきゃ。なも、ケロッとして漆ばちょして《いじって》らった。そんどぎによ、『ああ、このわらしぁ、漆塗さなる』って確信したんだ」

なあ？　と、佐々木さんは父を振り返った。

父は爪の漆を熱心にほじくって聞こえないふりを決め込んでいる。

弁当箱が届くまで、指物で塗りの練習をするために、父の仕事の手伝いを終えた深夜、工房にこもった。

なかなか均一な厚さに塗れない。練習しても練習しても納得いかない。水でふやけた指の皮がめくれて、うっかり口にくわえ込み、漆の強烈なにおいとえぐみと苦さにやられた。

佐々木さんや父の時代、職人になるにはよその工房へ住み込みで弟子入りするのが当たり前だった。入って五年は下働きがほとんどで、轆轤《ろくろ》や刷毛になんてさわらせて貰えなかったそうだ。早朝から深夜までの下働きで、腕も上がらぬほどに疲れても、家の人たちが寝静まった後に、自分にも許されている仕業を何度も何度も繰り返し、体に叩き込んだという。

――理屈で覚えたものは忘れる。だが、体で覚えたものは決して忘れない――

こうして漆を扱わせてもらっていること一つとっても、私は、恵まれている。

私の失敗作でリンゴ箱がいっぱいになっていた。柄や色がうまくいかないものは、艶がなくなるまで研いで、ほとんど初めからやり直さねばならない。椀の木地も漆もただじゃない。漆なんて一キロ一万円からして、椀一つに百グラムは使うので、失敗すれば損失も半端ない。かなりの二度手間は時間も気持ちもすり減らしていく。

――漆に小手先のごまかしは通用しない。少しのミスをそのままにしたり、隠そうとすればするほどかえってズルさや、失敗が醜態となって炙り出される――

――漆は、人を見る――

――津軽塗は徹底的に潔癖だ――


小さな頃から何度となく聞いてきた父の言葉が浮かぶ。

ガーベラはいつの間にかしおれ、アスターだけがいつまでも元気いっぱいだ。

早く枯れてくんねぇかな、と悪態を吐きつけ、まだまだ咲けるよ、と想った。


物産展がある、と会報誌が回ってきた。県内の工芸品を集めた展示即売会で、実演もある。津軽びーどろや、南部桐箪笥、津軽こぎん刺し、南部《なんぶ》菱刺《ひしざ》しなどが一堂に会する。新幹線が通ったおかげで、中央のお客さんや、ツアーが来て、かなり賑わうのだ。

「おっとう、これに出よう」

会報誌を、足の裏の皮をむしるのに没頭していた風呂上りの父に突きつけた。

夕飯で酒を飲んだのに、また風呂上りに一杯飲む。顔はたこのように真っ赤だ。

「はえ？」

間の抜けた顔で返してくる。

「だから、この物産展に出て、みんなに知ってもらおうよ。注文も受けるかもしれないでしょ」

父は会報誌を手に取り、酔眼で眺めた。

「だあ、そっただに簡単にいぐもんだっきゃ。見世物さなるだげだ」

座卓の上に放り、テレビをつける。

「見世物だなんて、そんなことあるわけないじゃん。どうしてそう、偏った考え方するかなあ」

父は聞こえないふりをしていた。

Ｃの字に固まった背中。突き出た首。父だっていつまでも生きているわけじゃない。ここで受け継がないと、盛り返さないと。

「販促活動をしなけりゃ、そりゃ買う人だっていないよ。勧めなきゃ」

「ガツガツすんのは品がねえ」

「品って。そういう問題じゃないの。大体さ、大人しくしてたらこの業界どんどん駆逐されてくんだよ。わかってるでしょ。生きていけないでしょ。なんとか這い上がらなくちゃ」

「みんなの前でこさえねばまいねんで。しょし《恥ずかしい》べな」

「恥ずかしがってる場合じゃないでしょ。実演したほうが購買率は上がるんだよ。目の前でものがどうやって出来上がっていくかが見えると、人は興味と親しみを持つもんなんだって」

父は視線を落として拗ねたみたいに口を尖らせた。人前に出るとなると、とたんに尻込みする。私だって恥ずかしいし、苦手だけど、今はそんなこと言ってる場合じゃない。

「チャンスなんだよ。チャンスの女神は前髪しかないんだからねっ」

父は目玉を上に向けた。「前髪しかない女神」を思い浮かべようとしている。

「ほんと、頼むよ。どうせたったの一週間でしょ。しかも十時から五時まで。それでこれから先の未来が拓かれるんだよ」

大げさだと自分でも思うが、多少大げさに言わないと、このオヤジは尻が床ずれしても腰を上げない。

父は酒を呷ると、「はーあ、あっ」と気分を切り替えるように声に出してため息をついた。

「しょうがねえなあ」

ガリガリと頭を掻く。母が言う「娘には甘い」を実感した。


黒い焼杉板《やきすぎいた》の壁に間接照明でシックにまとめられた会場はオープンと同時に賑わっていた。割り当てられたブースは三畳ほど。ブースを仕切るパネルに大きく引き伸ばした作業中の写真を貼り、道具を並べ、手前にも作品をディスプレイする。会場の取りまとめ役が、囲炉裏っぽい感じにしたほうが面白いから、と自在鉤《じざいかぎ》や火棚《ひだな》を天井から吊るし、南部鉄器の鉄瓶などを引っ掛けた。

「できるだけ、民芸品っぽい感じの雰囲気作りをお願いします」

と、お達しがあったので座布団にも気を遣い、普段工房で使っている縄で編んだ円座を敷く。おまけに、

「うーん、そのトレパンなんとかなりませんかね。お客さんはその格好を見たらちょっと、がっかりしますよ」

と、さらりとかなり傷つく批判をされ、

「そうだ、職人っぽく作務衣《さむえ》にしましょう。作務衣ならこの囲炉裏端にもマッチしますから」

と、用意された作務衣を親子で着せられた。私の作務衣はぶかぶかで、袖を折り込まなくちゃならなかった。一方の父は、腹がつっかえてるし、ズボンの裾から毛深い足を覗かせ、なんだか、職人というより気合いの足らない西郷さんみたいな仕上がりになり果てていた。

人々がカメラを向けるたびに私たちは野良猫のようにびびり、その手を止めた。

「漆器はどうやって洗ったらいいんですか?」

「手入れは難しくないですか?」

「普段使いにはもったいないですよね?」

お客さんからの質問も多い。興味を持ってもらえるのが嬉しい。

「漆器は直射日光と、急激な温度変化と乾燥が苦手なので、日陰に置いてください。レンジは使わないでください。たまに水洗いしていただければ大丈夫です。それでも汚れが気になるようでしたら、少しの洗剤で、柔らかいもので洗ってください。この紋紗塗なら傷は目立ちにくいですよ。洗ったら木綿の布で拭いてください」

腋《わき》の下に緊張の汗をかきながら説明した。

「え？　絹じゃなくていいの？」

「絹より木綿のほうが具合がいいです」

お客さんはふうん、と納得したようなしないような顔をする。別なお客さんが椀を覗き込んでいる。

「こちらのお椀は四寸二《よんすんに》椀《わん》といって、ほら」

両手の人差し指同士、親指同士をくっつけて、その輪の大きさを四二椀と比べてみせる。

「ちょうどこうして両手に収まる大きさなんです。男性の場合は」

同じようにして今度は中指を突き合わせてみる。

「これくらいのお椀がちょうどいいんです」

「へえ」

お客さんは大いに納得する。

「うまくできてるなあ。でもこれで、八千円かあ」

「高いですよね。でも、ちょっと触ってみてください」

「いいの？」

「どうぞどうぞ」

お客さんが椀を持ち上げる。眉がひょいっと上がる。

「なんか、心地いいね。柔らかい肌触りだ、なんとなく絹を触ってるみたい。吸い付いてくるよ。いやあ、ずいぶん丸っこいねえ」

目が細まる。

「口に当たるところも厚くなって丸みを帯びていますから、口当たりもいいですよ。例えば、牛乳瓶に似ているかもしれません。二十回ほども分厚く塗り重ねてますから、熱いものを入れても、手を火傷しません。塗り直しすれば何十年だってもちますし、天然素材なので、赤ちゃんも安心です」

父が手を止めて、私の説明を見守っている。

「ふーん、そうなんだ。これ、グラスと漆器が合体してるの？　珍しいね」

お客さんは椀を置いて、上がグラスで下側が漆器のそれを手に取った。

「はい、津軽びーどろさんとのコラボです」

お客さんは「ふーん」と眺めながら値段を気にして、やはりすんなりとは買っていかれない。逃げ腰になっているのがわかる。

私たちは無理に勧めない。工程を知らない人から見れば高いと思うだろう。しかし、六日でできる八千円と、六ヶ月かかる八千円の価値は、同じなのだろうか。

一日目、二日目と通しても、売り上げはなかった。

ほかの展示も同じような感じだった。お客さんは「買う」というより「眺める」に重きを置いている。ただ眺めるならまだよかったが、たまに黙って商品を取り、さっと眺めて放り投げるように手から離したり、鼻で笑ったり、白けた目を向けられたりするのはこたえた。

こんなの、どこがいいと思ってるんですか？　ただの自己満足じゃないんですか、とまるで断罪するように問い詰めてくる男性もいた。「どうせ輸入した漆なんでしょ？」

鼻で笑われた。

「はい」

流通している漆は九十五％が中国産だ。この前、「いい国産漆がある」という業者が来て、買ってみたらひどい臭いがして腐っていたこともあったっけ。

「国産でも外国産でもいいのもあれば悪いのもありますよ。外国でも採取場所によって質にかなりのばらつきがあるため、職人はそれぞれ漆の穴場を持っております」

一キロ一万円。一つの椀に最低百グラムほど使う。以前は、東南アジアからも買っていたが、漆の木が育つ気候の違いが、日本に合わず、すぐダメになってしまったっけ。

「浄法寺漆《じょうほうじうるし》って知ってる？」

男性は自らの博識をひけらかす。

「はい存じております。最高級品です」

「それ使ってなきゃ意味ないよ」

浄法寺漆のみを使ったらこの椀一つが一体いくらに跳ね上がると思っているのか。

隣県の浄法寺漆という最高級のものは量自体が希少で、目の玉が飛び出るどころか尻から火が噴くほどいい値段なので、かつかつのうちでは当然無理だし、そのまま値段に転嫁したら誰も買ってはくれないだろう。買う気のない人ほどこういうこと言うんだよなあ……。

「灯油で希釈《きしゃく》するんだろう？　だったら体に悪いじゃないか」

「漆でコーティングされれば溶け出すことはないので、まず害はありません。それに灯油は揮発性が高いので塗ってるそばから蒸発しちゃうんです。大丈夫ですよ」

ふうん、と顎をなでながら男性はまだまだ見下している。次はどこをあげつらってやろうかと考えているようだ。

父は初めのうちは徹底的に無視していたが、次第にその顔は険しくなり、赤みをはらんできた。

「柄が、古いし、なんか重たいなぁ」

私もそうだと思う。やっぱりピンクやミントグリーンを使って、もっと派手にしたほうがいいんだろうな……。

「手入れも面倒くさそうだし。こういうのって、押し付けがましい」

男性は嘲笑《あざわら》った。

「大体、四十八も手間かけるって書いてるけど、一体何だってそんなにしつこくやらなきゃならないんだ？　プラスチックのほうが軽いし手入れは楽だし、おまけに安い。壊れやすいって？　だったら捨てて新しいのを買えばいい。こんなもんを買う人なんているの？」

そのとき、私は確かに、父のキレる音を聞いた。はっとして振り返ったときにはもう父は、男の襟首を掴もうと中腰になり、相手に手をのばしていた。男と父の間にある漆器が蹴散らされ、床に転がり囲炉裏の灰に落ちた。周りの客が騒然として注目する。

「んだら、なは、葉っぱの皿で手づかみでまんまけ。それがなさばお似合いだ。なみてぇなのさ、とやかぐへられる筋合いはねぇ！」

低く押し殺した声に腹の底が冷えた。

男が目を見開いている。

「お、おっとう！」

研いでいたものを放り出して、父の腕に縋《すが》った。父の目は血走っていた。男は丸太のように身を固くして瞬きすらしない。

「青木さんっ」

隣の金山焼《かなやまやき》職人が駆け込んできた。父は男を鋭い視線で射抜いたままだ。

主催者が駆けつけ、憤慨し始めた男をなだめながら連れて行った。

「青木さぁん」

金山焼は泣きそうな顔をした。

「頼むでぇ、揉め事起ごしちゃまいねって、ここが勝負どごろだはんで。ちょっとくれぇは《バ》んかくせえやづ《カみたいな》だったたって、堪えねばまいねびょん」

懸命になだめられ、父の顔から赤みが引いていく。大きく息を吐いて鬱憤を追い出した。

「いや、悪がった。もしわげね」

背を丸めた父は金山焼に頭を下げた。私も倣い、それから、固唾《かたず》を飲んで見つめていたほかの出品者やお客さんにも詫びた。

散らかった漆器を片付ける。

やってることはレジ係のときと同じだ、と思った。

その日の帰り際、主催者から、揉め事は起こさないでくれ、と忠告は受けたが、それでも明日から来るなとは言われなかった。


私たちは意気消沈して家に帰った。

やっぱり、もう伝統工芸品とか、モノづくりは古いのかもしれない。機械であっという間に均一な商品を大量生産するほうが、この忙しい時代には合っているのだ。

酒の肴に、みょうがをかじっている父が、

「うまくいったな」

と漏らした。

「……どこが？」

今日は最悪だったじゃないか。

「これ、うまく漬からさってらでぃえ」

みょうがを掲げた。

「……ああ、なんだ……。一ヶ月ほうっておいただけだよ。上手なのは時間だよ」

父はパクパクと食べる。

「あんまり食べるとバカになるってよ」

「みょうがをが？」

「『みょうが宿』っていう昔話があったじゃん。おっとうが寝入りばなにいっつも話して聞かせてくれてたやつだよ」

かつて、父の布団に潜り込んで、丸まっている私に、父は「みょうが宿」の話を繰り返した。旅人から金銭を奪おうと画策していた宿の夫婦が、みょうがを食べ過ぎて、逆に旅人から宿代をもらうのを忘れた、という話だ。

バカふうふだねえ、と私は笑った。

バカふうふだんだ、と父も笑った。

みょうがのおかげで旅人は助かったんだねえ。

んだなあ、みょうがのおかげで、バカふうふは罪人にならねくていがったんだなあ。忘れろ、忘れろ。やんだごどぁ、みょうが食って忘れろ。忘れるのが一番い。

「んだったが、忘れだ」

父が面目なさそうに笑った。とても疲れているように見えた。

私もみょうがに箸を伸ばした。

尖ったところは丸くなり、えぐみは穏やかになり、ちょうどよい特有の香りが立つ。

「一ヶ月待てば、味が馴染んで美味しくなるんだよねぇ……。人生の味を知らないなんて、あの人も可哀想な人だったね」

父はパクパクと食べ続ける。

「忘れろ、忘れろ。あっただほじなし《ばかな》なやづ、いづまでもおべでるんでね」

父はパクパクと食べ続ける。


この企画に参加したのは失敗だったかな、と不安が垂れ込めてきた最終の七日目。

手鏡を研いでいると、私たちの前に若い女性が立った。

「すみません、ストラップとかあります？」

ジーンズにショートコートを羽織った線の細い人だった。

私は首に巻いたタオルで素早く手を拭った。

「ストラップですか……」

「そうです、携帯につけたらかわいいかなって」

彼女を見たことがあるような気がする。

それは女性のほうも同じだったらしい。私をまじまじと見て、「あっ」と声を上げた。

「あのときのお客様ですよね」

はい？　今はあなたがお客様なんですが……そう思ってはたと思い出した。

「ああっスーパーのレジの……っ」

お客さんにクレームをつけられていた店員さんだった。

父はわずかに顔を向けたが、すぐに研ぎに戻った。


私が思い出したことで、彼女はほっとした笑みを浮かべ、頭を下げた。

「あのときは本当にありがとうございました」

「いえ、私は何も……」

「本当に救われました。大変ですねって、労《いたわ》ってくださるお客様なんて、出会ったことがなかったものですから」

間接照明の中でも、彼女の目がきらきらしているのがわかった。面映《おもはゆ》くなる。

「今ここにはありませんが、お作り致します。時間はかかりますが。いかがいたしましょう」

「はい、ぜひお願いしますっ」

「形や大きさなどデザインのご要望があれば遠慮なくお申し付けください」

「いいんですか？　わあ」

彼女の興奮した声に、お客さんの視線が集まってくる。ぽつりぽつりと歩み寄ってきた。

彼女に鉛筆とメモ用紙を渡して描いてもらう間に、ほかのお客さんが尋ねてくる。

「オーダーも受け付けてくれるんですか？」

「はいもちろんです」

「高くなるんでしょ」

「そんなことないですよ。元々一つ一つ手作りなので、オーダーみたいなものですから」

「あらあ、そうなの」

「前に買った指輪が剥げちゃったんだけど、ここのお店のじゃなくても直してくれるのかしら」

「もちろんです。ぜひお持ちください。郵送でも大丈夫ですから」

「ホームページはある？」

「……いえ、ございません、すみません」

そうか、ホームページは作ったほうがいいな。ユウに聞いてみよう。

熱心に描いていた女性が手を止めて顔を上げた。

「こんな形で、大きさはこれくらいのストラップを二つお願いできますか？」

「柄はどうしましょう」

やはり新しいもののほうがいいだろうか。彼女は展示品を見渡して指した。

「柄は、これと同じように」

私がデザインした紋紗塗だった。ガーベラの花を描いたものだ。

「古くさくないですか？」

恐る恐る切り出すと、彼女は意外そうに眉を上げた。

「そんなことないです。伝統柄のほうが落ち着いていて、それになんか高級っぽい」

と肩をすくめた。

「これでお願いします」

目からウロコだった。

「はいっよろこんで！」

張り切って返事をした私に、父がぼそりと「居酒屋か」と突っ込んだ。

その日、箸とＵＳＢ、写真立て、リンゴ型の小物入れが売れた。修理の依頼も三件取れた。

朝晩の気温が二度前後まで下がるようになり、日中でさえストーブを焚いていても、指先や足先が千切れるほどに寒くなった十一月下旬。

届けられる弁当が毎日ではなくなった。

二日にいっぺんになったり、三日にいっぺんになったり。

具合が悪いのだろうか――。

にわかに心配になって、父に休みをもらい、バスに乗った。


母の実家は、相変わらず安寧秩序だった。庭の陽だまりでスズメが地面をついばみ、落ち葉が風に転がっていく。

ただ、母のワゴンの隣に、白いプリウスが停まっているのだけが違っていた。

戸惑って、私はしばらくバス停から動けず、朝日の当たる旧い農家を見つめていた。

玄関が開いた。

私は慌てて電柱の陰にしゃがんだ。男性と母の弾む声が聞こえた。首を伸ばして確かめると、男性はグレーのセーターを着てスラックスを穿いた背の高い五十絡みの人だった。母の旅行かばんを手にしている。母は滅多に穿かないフレアスカート姿で、化粧をしていた。

男性が開けた助手席のドアから、母はごく自然に乗った。

横顔が、生き生きしている。

男性はトランクに旅行かばんを収めた。

プリウスは品よく発進し、街の方へ滑らかに走っていった。

車が見えなくなっても私は残像を追うように見つめていた。

背中の温かさに気がついた。いつの間にか高くなっていた日差しのおかげだ。

か細い雪が日差しを縫って降りてくる。

「初雪……」

コウコウ、と遠くで白鳥の声が聞こえる。どこかで野焼きをしているのだろう、煙が香ってくる。

世の中は、平穏だった――。

指先が冷たい。息を吐きつけてこすった。爪にも指紋にも漆が擦り込まれている。手首の湿布が目に染みて何度も瞬きをした。

ようやく立ち上がったとき、防災無線から正午の音楽が鳴り響いた。

帰ろう。昼飯を作らなきゃ。

翌日はわずかに気温が上がったため、雪ではなく霙《みぞれ》になった。

岩木山の頂上はすでに白くなっている。これから暖かい日と寒い日を繰り返して、冬は確かに近づいてくる。

うまく柄をおけない。高さが一定でない。研ぎすぎたり甘すぎたり。漆の調合も安定させられない。

完全に行き詰まった。

「慣れだど思って油断すな、無駄な力は入れるな。何回でもやり直しでぎると思うな。失敗したら捨てる気でやれ」

後始末をして、リンゴ箱に溜まった練習作を見た父が戒めた。

「こご見ねが。あちゃこちゃ気が散ってら。これだば漆さバガにされで当然だ」

失敗箇所を示されたが、私にはまったく目に入ってこない。

おっとう、おっかあはね、もう歩き出してるよ。私たちこんなことしてていいのかな、いつまでも漆にしがみついていていいのかな、立ち止まったままでいいのかな。なんだか、やる気なくなっちゃったよ。

不器用に体をゆすって出ていった父の背は疲れ切っているように見えて、母のことで追い討ちはかけられなかった。

一人で塗り始めたものの、やはりうまくいかなくてイライラしてくる。

髪の毛が落ちて表面に張り付いた。

埃どころか髪の毛……。

腹の底がカッとした。

リンゴ箱に投げつけた。大きな音をたてて角にぶつかり跳んだ。


冷たい床に手足を投げ出して仰向けになった。目を閉じる。

滴がトタン屋根を叩いている。

血が流れる音が聞こえる。ぐっぐっと手を握ったり開いたりする。枯葉が擦れるのに似た音を立てる。

頭がクリアになっていく。

わかっている。しがみついているのは「漆」に、ではない。

目を開けた。

漆は几帳面に私の気持ちをさらけ出し、問うているだけだ。

「お前はこれでいいのか」と。


「……なした、その頭」

翌朝、食卓に着いた父は箸を持ったまま私を見て固まった。

バンダナを巻いていたが、バレた。母が美容院に行ったときは一向に気づかなかったのに。

「うん、髪が邪魔だから……剃った」

バンダナを取ってひたひたと叩いた。バリカンで刈った後、父のヒゲソリで剃り上げた。あの、深剃りを謳うばっちり三枚刃のやつだ。

触っても手に毛の感触はないが、頭皮のほうではちくちくと感じる。

剥き出しの頭は予想以上に寒く、心許なくて不安感を煽られるが、一方で束縛もわずらわしさもない自由を感じる。そして、ユウが言う人間の裸はナサケナイというのがわかる。

ナサケナイんだよ。

ナサケナイんだけど。ナサケナイからこそ、腹は据わるもんだよ、ユウ。

「シャンプーが楽でいいよ」

父の開いた口は、私が食事を終えて、立ち上がるまで塞がらなかった。


庭で木切れを組み立てていると、父が傍らにやってきた。

「でっけーのこさえでらな。虫かごか？」

「練習用の弁当箱」

木切れはホームセンターから買ってきた。金槌で釘を打ち込む。釘が折れ曲がった。父が「あ」と声を上げ、何か言いたそうに唇をうごめかす。

私は曲がった釘を反対側から叩いてまっすぐに戻そうと試みたが、力が強すぎて逆方向へ直角に曲がってしまった。

「ああ……」

父がまたもや絶望の声を上げる。

腰を据えてかかるために私は板切れに座り込んで、両足で弁当箱を挟むと、釘抜きの割れ目に釘を差し込んで渾身の力で引っ張った。

父は何もせず、ただ横に突っ立って眺めている。

「ぐっんぐぐぐぐ」

体をそっくり返す。

ふいに手ごたえが消えた。次の瞬間、母屋のガラスが砕け散った。

スズメが飛び立つ。

私と父は同時に母屋を振り返った。

私の手からは、どうしたわけか釘抜きが消えていた。

父は首をストレッチしながら、サンダルを引きずって工房へと戻っていった。

翌日、工房の隅に、板切れを組み合わせた箱が、二、三個放ってあった。

「おっとう、これ作ってくれたの？　ありがとうございます」

ななこ模様のために、下駄に菜種を撒き付けている父に礼を言った。父は黙々と作業をしながら軽く頷いた。

「でも私が練習してるのは弁当箱。これ、引き出し……」

父は無言で種を撒く。


木地師の佐々木さんから弁当箱が一つ届いた。

いよいよだ。バンダナを締め直した。

母は私を裏切ったわけじゃない。

母には母の人生がある。

私はもう二十二だ。

弟は結婚した。

私も、ちゃんと自分で立って、生きていかなきゃ。

生きていくんだ。

背筋伸ばして生きていくために、絶対完璧に仕上げるんだ。

雷が鳴り、雪は重さを増してほたほたと降り続く。一日で一メートルを越し、それらは春まで溶けない根雪となる。玄関から吉田のばっちゃの家までと、玄関から工房までの庭の雪かきをした。

父と二人きりの年越し。

ユウから家の固定電話に着信があった。うまい具合に生活してるという。

——そりゃよかったね。

——おねえは？

——こっちもまあ、ぼちぼち。

——パパンは？

——酒飲んで寝てる。まだお昼前なのに。

——あははやっぱりね。

電話が遠い。

せめてもと、テレビの音量を下げた。被災地を巡ってピアノのコンサートをしている団体を紹介している。

「あのさ、聞きたいんだけど。おっかあにはあんたが結婚すること伝えてたの？」

「うん、先に伝えたのよ」

ということは弁当の一つは父の分であったということか。ユウが報告してたのを私が知らないと思っていた母は、素知らぬ顔で弁当を届けてくれていたのだろう。

「どうして？」

「……ううん、別に。あのさ、それから」

少し迷った。降り積もる雪の音が聞こえるようだった。こたつに寝転がっている父を見やり、父に背を向けた。

「おっかあ、どうやら付き合ってる人いるみたいなんだ」

「え？　なあに？　聞こえなあい」

「だから、その」

父が寝返りを打つ。素早く確認したが、大丈夫だ、目は閉じている。受話器を手で覆ってほとんど息だけを強く吐きつける。

「付き合ってる人が、いるんだって」

「ああ、そうなの。そりゃよかったじゃない、二十二にしてようやく一人身脱出ね、がんばって」

「違うの、私じゃなくて」

「は？」

私はもどかしさにイライラしながら、父をチラチラ確認する。

「誰だって一人は寂しいものね。特にオカマは寂しがりやだからよくわかるわ〜。いいことよ、恋をするって、世界が明るくなって楽しいし、広がるもの」

「……」

いいこと、か。

母の化粧をした横顔を思い出した。フレアスカートを思い出した。一つもいいことなんかなかったと、母はかつて言った。

母は、もう「母」じゃなくて、一人の女性として、人間として、幸せになるのだ。

「そうだよね……うん、いいことなんだよね。あんた、いいこと言うじゃない」

「でね、おねえにいい知らせがあるのよ」

「なに？　まさか子どもができたなんて言わないよね」

「オランダで世界美術工芸品展が開催されるの。それに出す気はない？」

「え」

「世界中のアーティストが集まるのよ。もちろん、契約結ぼうっていう企業もごまんと来るわ。二年にいっぺんやるの。来年の春なんだけどそれまでに作品作んなさい。エントリーは作品の写真を送ってくれればいいから。一次二次審査を通ったら、いよいよモノを出品できるのよ。いいわね」

「ちょ、ちょっとユウ正月早々」

「そのために電話したんだからよろしくぅ〜」

ブツリと切れた。

背後で「ゴゴゴゴ」という雷様のような轟音がして受話器を取り落としそうになった。

父の鼾《いびき》だった。


安達さんから手紙が来た。

郵便受けの前で封を開けた。

お母さんが、亡くなったという。末期の癌で、年を越せないと通告されていたが、ひと月ばかり長くがんばってくれたそうだ。

安達さんの胸に挿された万年筆に、横たわるお母さんはすぐに気づいたそうだ。

『泣かれました。』

ああ、嬉しかったんだなあ。よかったなあ直して。

ほころんだ顔が、次の一文で硬直した。

『謝られました。後悔している、と。』

安達さんの文字は淡々としていた。

『見せなきゃよかった、と一瞬後悔がよぎりましたが、もう、後悔はしたくありませんでした。私も謝りました。母は、私に謝ることができてよかったと申しておりました。私も同じです。同じ気持ちだったようです。私たちは同じでした。』

最後は私たちに対する感謝の言葉で締めくくられていた。

私たちじゃあなくてさ、お母さんに伝えなよ。

お母さんには伝えたの？　農家は継ぐんですか？　それともサラリーマンを続けるんですか？

そこには一切触れられていない。


もう後悔はしたくありません。

私たちは同じ気持ちでした。


繰り返し読んだ。

手紙は万年筆で書かれてあった。

空を仰いで、顔に冬の陽光を受けた。


防災無線からラジオ体操の音楽が流れてきた。

紋紗塗の弁当箱が出来上がった。一年で一番しばれる二月のことだった。ナイフのような風が岩木山から吹き付けてくる。

でも、もう少しの辛抱だ。この時期を過ぎればあとは暖かくなる一方。道路に張った厚さ十五センチの氷を、吉田のばっちゃがツルハシで割っている音が響いてくる。


外に出ると、ほんのりと土のにおいがしてくる。ラジオ体操の音楽に合わせて深呼吸をし、手足の運動をする。かなり腰が伸び、腿の筋肉がほぐれていく。腕を回すと肩と肩甲骨がゴリゴリと音を立てて強張りがほぐれた。

体操が終わったとき、背後で雪を踏む音がした。

父がこっちに向かってくる。

「おはよう」

「おう」

片手を挙げ「な、一晩中こもってらが」と聞いた。

「うん、おっとう、見てください」


工房に呼んで黒光りする弁当箱を差し出した。

父は手を伸ばし、受け取ろうとしてその手を引っ込めた。

ひやりとした。

が、父は尻に手のひらをこすりつけてから受け取ったのだった。

父は日の光に翳《かざ》してしげしげと見た。

柄の鏡面部分には父の眉間の皺まではっきりと映っている。

私はつばを飲み込んで父を見つめた。

目の高さに掲げて、側面のわずかな凹凸、歪み、曇りをチェックする。刺すような視線に、私の体は無意識のうちに強張っていく。

父が私へ弁当箱を返してよこした。

「いんでねが」

父が頷いた。

ふー、と力が抜けた。

とたんに手のひらに汗が染み出してくる。

「ねぷたが」

柄はねぷたを描いた。黒い表面に黒いねぷた絵が浮かび上がる。

私は頷いた。父が唇の端を持ち上げた。やっと、父は笑顔を見せた。


六時になったので、再び外に出て並んでラジオ体操をする。前屈運動や大きく反らしたり上体をひねったりすると徐々に温まってくる。ジャンプをするとテンションが上がる。

第一が終わると父は工房に引っ込んだ。第二もやろうと思ったが、小学校以来やっていない第二はまったく覚えておらず、ただひたすら空を仰ぎ、爽やかで張りのある指導員の声を聞き流していた。


弁当箱に手紙を入れて、緩衝材で包み郵送した。

『おっかあ、これ、仕事場へ持っていくお弁当に使ってください。』

こっちはもう大丈夫です。心配かけました。ありがとう。幸せになってください。……ほかにもいろんなことを書きたかった。けれど、どう書いても、もしかしたら皮肉にとられるかもしれない。そう思うとあれこれ書けなくなった。

きっとこの弁当箱と、この一言だけで、母なら察してくれる。

私がバイトを辞めて、漆塗に専念すること、もう昼飯の弁当の心配はしなくていいこと、父も弟も元気であること、母は母のために生きていってほしいってこと。

弁当は安らぎの象徴だ。陽だまりのような幸福が詰まってなくちゃ。


送ってから私は少しずつ売り物の上塗を任せてもらえるようになった。上塗は最後の工程で、一番奥の、鍵のかかる部屋にこもって塗る。椀の内側や底など飾りのない部分の塗りがそれだ。

上塗を任せてもらえるのは心が躍る。一方で身は引き締まる。たった一刷毛ですべてパアにしてしまう破壊力があるから。一研ぎで過去のすべてを消し去ってしまうから。

お金をいただく以上、そこに妥協は許されない。

だからこそ、私は震えるほど興奮する。


注文は相変わらず増えない。いや、むしろ徐々に減ってきている。それでも父は「一生懸命やってれば、人は助けてくれる」と言う。

そうかもしれない。余裕がある時代ならば。

しかし、今は自分が生きていくので精一杯の時代だ。自ら動き、打って出なくちゃならないんじゃないか？

三月の末だった。日は確かに力をつけ、長くなってきた。岩木山の雪が緩み始め、沢には清水が流れていく。軒先から雫がひっきりなしに落ちて、地面を柔らかくする。

夕飯は弁当箱に詰めた鶏の照り焼き、大根と人参のなます、糸コンのたらこ和え。私はそれに玄米入りご飯と、なめこ汁。父は焼酎。食卓にしょうゆはない。弁当箱の夕食にしてから、しょうゆをかけることはなくなった。初めはなんだか物足りなさそうにしていた父だったが、こっちが知らんぷりを決め込んでいると馴れたようだ。

「おっとう」

私は箸を置いて背筋を伸ばした。

「オランダで美術展があるんだけど……」

父の顔色を注意深く窺う。切り出すタイミングは今でよかったのか、それとももうちょっと後のほうがよかったか。

いや、だめだそれだと間に合わない。

「それに出品しようかと思って」

父は口元へ持っていったコップを止めて私を見た。

「出品ばするって、はあ決めだんだな?」

父は驚かなかった。

私は頷いた。

「それで、材料のことなんだけど」

私はつばを飲み込んだ。

父が酒を口に含んだ。鶏の照り焼きをかじり、いつもより丁寧に噛んだ。ほう、と息を吐いてコップを置いた。

「わがった。材料は用意してやる」

目を見開いた私は大きく息を吸い込んだ。切り拓かれた目指す未来に胸が高鳴る。

「ありがっとう!」


正月にも放送されていたが、避難所を回り、コンサートを開いているグループの映像を初めて見たのは、二年前、東日本大震災からちょうど一年経った日だった。津軽も揺れたが、太平洋側ほどではなかった。それでも生まれて初めての巨大地震の衝撃は大きかった。被災者はピアノの曲に耳を傾け、そうして涙を流していた。音楽は彼らに寄り添い、癒し、勇気付けるのだ。

大きなものをやりたい、とどこかで思っていた。「大きなもの」は、物理的な意味だけじゃない。自分ができる「大きい」ことだ。

父と町内のピアノ工房へ出向いた。そこは調律師が店主で、外装・修理も行っている。漆風呂に耐えてもらわねばならないこちらとしては、できるだけ頑丈で体力のある木地が欲しかった。注文を伝えると、ピアノ屋はしばらく顎に手を当てて難しい顔をしていたが、ふいに閃《ひらめ》いたとばかりにその手を離した。

「んだば、中古がいんでねがべが。最近のピアノよか、昔のピアノのほうがアレだ、本気でいい木材ば使ってらはで、塗装ば一旦剥がして塗り直したらどんだ」

「弦とかアクションとかは大丈夫でしょうか」

形だけ出来上がっても使用できないのでは意味がない。普通に使えるものにしたい。

「漆風呂ってのは二十五度と八十五%だべ？　こりゃ夏場ど同じだ。まあ、大丈夫じゃねがべが。もし心配だば、白木の側面どが屋根どが注文すて、塗ってから組み立てるっちゅう方法もある」

特注ということになればそれだけコストがかかる。私は並んでいるピアノを見渡した。ピアノブラックと呼ばれる黒は、日本の漆が原点だという。

「あ……」

私はバッグを漁って携帯を取り出し、すぐさま電話した。

「あっ佐々木さん？　私です、美也子です」

父が隣で口をポカンと開ける。構わず手短に話した。電話を切って、腕組みして成り行きを見守っていた店主に向き直った。

「こちらで組み立てていただくことは可能でしょうか」

店主が右眉を跳ね上げた。

「木地はなんとか用意できそうです。塗りは私がします。鍵盤やアクション、響板などの内部部品をお任せしてもよろしいでしょうか」

店主の右頰が持ち上がった。私の背後の父へ視線をずらす。私は店主の口元を祈るように見つめた。店主が目顔で父に頷いた。私に視線を戻すと、にっと笑った。

「ああ、もぢろん」

父は定期を解約した。その定期は工房の改修費用だったはずだ。父はそのことに関して何も言わない。協同組合に掛け合って作業場を借りてもくれた。どうしても自宅の工房では狭すぎ、漆風呂も小さすぎたのだ。

「漆の量はどれぐらい必要？」

「うー……」

腕を組んだ父が眉間に皺を寄せてピアノを見渡す。屋根を持ち上げて裏を覗き込んだ。

「塗ったごどぉねんども、希釈もするべしせいぜい二キロもあれんば間に合うんでねがべが」

見当がついたことで、ほっとして店を出た。

「おっとう、ありがとうございます」

帰り道、父の背中に礼を言った。父は黙々と歩き続ける。

「ありがっとう」

『娘には甘い』

そしてその娘は失敗するわけにいかない。


充分に乾燥させた杖と、ご機嫌うかがいのパンケーキを携えて、薄曇りの下を、仙人の自宅へ向かった。

川の土手沿いの桜の蕾も膨らみ始めた。四月下旬になれば満開になるだろう。

大通りの交差点を渡った。車一台がようやく通れるだけの路地に入ると、猫が数匹寝そべって爪をなめたり、顔を洗ったりしていた。古い家々の玄関先には土が入っただけの植木鉢や自転車が思い思いに置かれて、流しを使う音やテレビの音が漏れてくる。

仙人の自宅もまた、仙人と同い年だろうか、ずいぶん年季が入って傾いていた。

呼び鈴を鳴らしたが返答がない。一人暮らしなのだろうか。出かけてるのかもしれない。何回か鳴らしてみたが、やっぱり出ない。もしかして……最悪の状況がわりとあっさり頭を過ぎる。

仙人宅とは十センチも離れていない隣の家から、おばさんが顔を出した。奈良の大仏を彷彿とさせる外見をしている。

「こ、こんにちは」

会釈をすると彼女もおずおずと会釈を返してくれた。

「仙人……仙三さんに用があったんですが、今は……」

「ああ」

おばさんは目脂《めやに》のついた目頭を人差し指でぐいぐい擦った。

「爺さんだば、病院」

「病院!?」

まさか本当に最悪の事態になっていたとは……。

おばさんは苦笑いして鼻先で手を振った。

「違《つが》る違る。犬のほうがいぐなぐなって入院してんだず。その見舞いこさ行ってらんだよ。毎ン日行ってるっけ」

おばさんは背後を振り返って「はあ、十時が」と時刻を確認するとまた顔を出した。

「もうそろそろ戻ってくる頃だ」

「クロは」

「んだんだ、クロってへったがあの犬。白いのさ」

「クロは重い病気なんですか」

「病気ずが、あの犬結構な歳だったはんで。ほとんど老化だべさ、歳取りゃあ、犬でも人でもどごがかしこが病めるもんだ、あんだは若いはでまだわがんねびょん」

私の背後を見やったおばさんが「あ」と気づいた。

振り返ると、後ろ手を組んだ仙人がよっちゃよっちゃと左右に大きく傾ぎながら帰ってくるところだった。薄い白髭が光のせいだけではなく、黄ばんでいる。

「おはようございます」

仙人が立ち止まった。目を見開き、あ、と口を開ける。また歩を進める。

「どぢらさんだが」

確実に気づいているはずなのに、そういう意地の悪いことを言うんだなあ、この人って。

「漆屋ですよ。ご注文いただいておりました杖をお届けに参りました」

和紙に包んで風呂敷に収めた杖を差し出した。

「紋紗塗です。前の黒い塗りと似せたつもりですがいかがでしょうか」

じろりと睨め付けられた。

「いづの注文だっきゃ！　はあ、わぁ忘れでらったんで！　今頃のこのこ来やがって！」

おばさんが素早く引っ込んだ。

「すみません」

「バガに殿様商売だなあ！」

「申し訳ありません。ご確認をお願いします」

仙人は私を無視して玄関の前に立った。

背中に、クロがいた。

半眼の目が私を捉えると、鼻をかすかに伸ばして私を確認しようとしている。私は急いで杖を引き出し、その鼻先に近づけた。

覚えてる？　ちくわをあげたお姉さん……いや、お兄さん……いや、ええとその家族のものです、と心の中で自己紹介する。

クロがゆっくりまばたきした。

仙人が玄関の戸に両手をかけ、持ち上げるようにして――一見すると掴まっているようにも見えるが――渋る戸を引いた。むわっと古い家独特のにおいと湿気が溢れ出てきた。

クロの尾がかすかに揺れた。

「……クロ、退院したんですね、おめでとうございます」

仙人は振り返らず草履を脱ぎ、片手でクロを支え、片手で壁に手をついて光の差さない奥へ消えた。


玄関に取り残され、私は待った。奥からはごそごそと聞こえてくる。通りを自転車が行き過ぎ、通りかかった猫がこっちをちらりと覗くと、あくびをして去っていった。


「おい」

「ひゃあっ」

突然背後から声を掛けられ、飛び上がって振り向いた。

仙人が手を差し出している。てっきりお代をその手に乗せているのかと思いきや、手のひらは空っぽだ。困惑して白く干からびた手のひらを凝視していると、癇癪を起こさせてしまった。

「杖だ杖！」

「ああっ、すみません」

「まったく気が利がねやづだな」

乱暴に奪い取ると、仙人は外に出た。クロを背負ったまま。今度は腰紐で体に密着させていた。

「あのぉ……」

お代は……と言いかけると、仙人は背中で「ついで来」と言った。

杖を突いて犬を背負った老人の後を、家来のようについて行く。

仙人は大通りに向かっていく。

横断歩道の前に立った。目の前を轟音と排ガスと振動をもれなくお供に、大型車が爆走していく。

歩行者用の信号が青になった。

信号待ちをしていた人が一斉に渡り始める。仙人は仁王立ちのままぴくりともせず、横断歩道の先を見据えている。

やがて赤に変わり、車が走り始めた。

再び青になったが、仙人は仁王立ちのままやり過ごし、赤を迎えた。

青になり、赤になった。動かざること山の如し。

一体何やってるんだろう……。どうしたんだろう。

私は飽きて、信号機に寄りかかった。


歩行者信号が青になった。

「えいっ」

仙人が気合いを入れた。通行人の波を切り裂くように横断歩道に踏み出した。

慌てて私も続く。本人的には急いでいるつもりだろうが、引きずる足のせいであっぱれなほどゆっくりだ。

半分行ったところで、信号が点滅し始めた。

「仙三さん、まずいですよ急がないと」

「わがってら！」

えい、えい、とアスファルトに穴を開けんばかりに杖を突いていく。半眼のクロは、ぐったりと仙人の背にもたれ、尻尾はだらりと下がり、左右に揺さぶられるままになっている。

「仙三さん」

「しゃしねっ。わがってらって」


目の前から仙人が消えた。

杖の転がる音が車のエンジン音を突き抜け響く。仙人がうつ伏せに倒れたのだ。

「仙三さんっ」

慌てて助け起こす。信号はすでに赤になってしまった。肩を貸して反対側を目指す。車は停まって待っていてくれた。

やっと歩道の境目に足をのせたとき、背中をかすめて車が発車した。

仙人が大きく息を吐くと、背中のクロも上下する。クロは陽だまりの猫のように目を閉じた。

仙人は目の前の郵便局に入って、ＡＴＭを操作した。

「か《ほら》」

封筒にも入っていない剥きだしの現金を突き出してきた。

「ありがとうございます。確かにいただきました」

領収書と引き換えに受け取った。

仙人は、また横断歩道の前に仁王立ちした。通りを親の敵のように睨み据える。

「……あのぉ」

「なんだ」

「もう帰るんですか？」

「んだ」

「……土手に行ってみませんか」

これ、一緒に食べましょうよ、と風呂敷包みを掲げて見せた。

「なんだそりゃ」

「パンケーキです。前にいらしていただいたときにお出しした……」

手みやげがあったほうが、怒鳴られないんじゃないだろうかという浅はかさ丸出しの打算から、お菓子を何にしようかと考えたとき、パンケーキが思い浮かんだ。味に自信があったわけじゃないし、レシピも適当だ。でもあれだけもつもつと食べたんだから、まずくはなかったんだろうという都合のいい思い込みが、私にパンケーキを作らせた。結局はタイミングがズレ、一発目で怒鳴られたが。

仙人は横断歩道をしばらく睨みつけ、それから身を翻《ひるがえ》して土手へ向かった。

備えつけられている水飲み場で手を洗い、川に臨む丸太のベンチに腰掛けて、包みを解いた。丸い漆塗の入れ物に一口大に切れ目を入れた丸いパンケーキがぴたりとはまっている。狐色の地に珈琲色の焼き目がつき、バターがしみこんだ部分はしっとりと仕上がった。その上に小瓶に詰めて持ってきた蜂蜜をかけ、漆器ごと差し出した。

「どうぞ」

「手で、けってへるのが」

仙人が眉を寄せた。前は手づかみだったくせに。

「はあ、フォークは持ってきませんでした。すみません」

「まったぐ、どごまでも気が利がねな」

仙人は迷いなく一切れを手に取った。クロが背中で身じろぎした。

「なも、食うど」

仙人が聞いたので、いえ、私は、と断ると、「な、でねぐ、クロさ聞いだんだ」と手痛くあしらわれ、ちょっと凹んだ。

背中のクロへ差し出すと、クロはにおいを嗅いでペロリとなめた。

それだけだった。

仙人がいくら口元へ近づけても、クロはもう、なめることもなかった。

仙人はそのなめたパンケーキを頬ばった。

一口食べると勢いがついたらしく、それから立て続けに食べた。

私は川面に目を落とした。優しい光を反射させ、さらさらと澄んだ水が流れていく。

「つかぬことをお伺いしますが」

仙人は無心に食べ続けている。まるで一週間ほど食い物にありつけていなかったみたいに。

「どうしてクロと名づけたんですか？」

仙人がいきなり前のめりになり、胸をどんどん叩いた。

「だ、大丈夫ですか」

真っ赤な顔で仙人は、水ば持ってくるのがほんとなんだ！　と私を叱り飛ばした。叱れるぐらいなら大丈夫なんだろう、ほっと息を吐いた。

一人で平らげると、「その入れ物もよごせ」と私の膝の上にのっている漆器に手を伸ばした。

「え、これ、ですか」

「なんぼだ」

「でもこれ、私が作ったものですが」

「なんぼだ」

「値段なんてつけてませんよ、売るつもりで作ったんじゃなくて、ほんの練習用として」

「か。これでどんだ」

仙人は尻ポケットから、さっき下ろしたのだろう、札を掴んで拳のまま突き出してきた。なおも私が渋っていると、無理やり手に押し付けた。

「こ、こんなにいただけません、てか、お代はいりません」

諭吉の人数が多い。

「んだら、材料費だ。そいがらこのお菓子代だ。とっておげ」

「でも」

「なんぼ貯めだったってあの世さ持ってげるわげねもねし。金あったたったって、一つも面白ぇごどなんが、ね」

仙人は漆器を奪ってとっくりと見た。あんまりじろじろ見られるとボロが出るので気が気じゃない。

「わは白よか黒が好ぎだんだ」

真っ黒な入れ物に、引き伸ばされた仙人の顔が映っている。閻魔が足の小指をぶつけたらこんな顔になるだろうか。背中の犬が「クロ」という単語に反応して、耳をわずかに立てた。

「この犬は孫が拾ってきたんだ。わは白も犬も嫌ぇだんだ。んでも孫がマンションでぇあ飼えねって泣ぎづいできて、わはしょうがねぐこいば引き取ったんだ」

クロは目を閉じている。

仙人は、嫌いな《白》と《犬》を好きになろうとして《クロ》と名づけたのだ。

あの交差点、と仙人が顔を上げ、遠くを見つめた。

「今日初めで行ったんだ」

孫が死んでから――。

「クロのやづぁ、震えでらったな」

はははと笑った。仙人が笑った。この人、笑うんだ、と呆気に取られた。眉を寄せて、目を三角にして笑う奇妙な笑い方だった。眉も、目も、ほっぺたも、口も、動きがどれもちぐはぐだ。

「今日、初めで、渡った――あんだの杖っこで」

杖で地面を突いた。

「こりゃ、手の当だりぁ優しいな。馴染んでくるな、おまげに滑らね。うん、悪がったな嘘ついで。前のは漆でねがったし、あんだんどっから買ったもんでもねがった。ありゃ偽物だった」

「……いいえ、本物でしたよ」

仙人がゆるりと顔を上げて私を見た。その目に川の光が反射している。

私は川へ顔を向けた。

「本物でした」

仙人の鼻音がスピースピーと規則的に聞こえる。

「さって、帰るべ」

仙人が杖にすがって腰を上げた。

私は黙って後に続いた。


ピアノのボディが佐々木さんから届けられたのは、五月の連休明けだった。

協同組合から借りた工房はうちの工房より立派で、隙間風は入らないし、エアコンも完備してある。

「最近はよお、でっけーのこさえるもんがいねぐなって、ほっとんど使ってねんだわ」

七十を超える会長さんが腰を叩きながら、エアコンの下へ行ってリモコンのスイッチを押した。電源のオレンジ色の明かりが点灯した。

なんの反応もない。

「あら、おがすぃな。一応電気ぁ、通ってるんどもせ、どした」

会長はエアコンに調子を尋ねていたが、エアコンは答えない。うんともすんとも言わない。エアコンが稼動しないのは会長である自分の責任だと思っているのか、会長は何やら口の中で言い訳や呪詛を繰り返し、立て続けにボタンを押し込んだ。

オレンジ色の光がふつり、と消えた。

会長がしょぼくれて私を振り向いた。

私は愛想笑いを浮かべた。

「まあ、エアコンずのは最近さなってから使うようになったもんで、昔ぁこっただものねがったし」

「ええ」

「この時期だば、エアコンもそう必要ねがべ」

「ええ」

「おめさんはまだ若えし、エアコンなんちゃ必要ねがべ」

「ええ」

会長がついたため息が見えそうだった。

部品を除いた外側のパーツはキャスターつきの台に並べられた。まずは鑢《やすり》で磨く。

「それにしても何だってピアノだんだ」

節をくり貫き、そこに木屎《こくそ》を埋め込んでいる私を会長は、後ろに手を組んで眺めている。

「なんで……うーん。癒しという点が共通しているからでしょうか」

口にしてみると、なんとも安っぽく下品に聞こえるのはどうしてだろう。

「それに、小学校の頃、少しばかり触ったことがあるんです。ちゃんと習いはしませんでしたが、あのときは結構楽しかったから……」

回りこんで、ピアノの屋根に顔をこすり付けるようにして削り、ふっと息を吹きつけて木屑を飛ばす。

「いや、つがるな」

会長が首を振った。私は側板の内側に上半身を折り入れ、微かな凸凹を平滑化させる。すでに腕の筋肉は張ってきていた。

「違いますか?」

「んだ」

木屑が鼻に入って大きなくしゃみが出て、その拍子に板に頭をぶつけ「ゴーン」と除夜の鐘もかくやといわんばかりに響かせた。

「おめさんは単に作りてぇんだな」

私は涙目でおでこを押さえながら身を起こすと、掃除を始めた。木の粉を掃除機で吸い、雑巾がけをする。

「作りたいですね。新しいのに挑戦するのはわくわくします」

会長は目元を緩めた。

「ほうら見ねが。おめさんはそうなんだ。こりゃあ楽しみだわげものが出できたもんだ」


塗りに取りかかる。四時間もかけて濃縮させた大事な漆をまずはヘラで塗っていく。このヘラも広い範囲を塗れるように自分で切り出したものだから、まるで素手で塗っているかのように私の思い通りに動いてくれる。ああ、このヘラは長く使うことになるな、と親しみを覚えると同時に、覚悟を決める。

津軽塗を施したこのピアノはどんな音を出すのだろう。

どんな歌を歌うのだろう。

どういう風に人々へ届くのだろう。

私は知りたい。

もっともっと知りたい。

だから、作るのだ。

残った漆にラップをして、床にクイックルワイパーを掛け、雑巾がけをし、刷毛やヘラを整えると、午前一時を回っていた。

自転車で、畑の真ん中に伸びるオレンジ色の街灯がふんわり照らす道を走る。どこかの犬が遠吠えをしていた。

真っ暗な自宅は思わず息を詰めてしまいそうなほど、しん、としている。

父を起こさないよう、慎重に玄関を開け、戸の隙間から滑り込んだ。

つま先で廊下に上がる。

ギイッ。

床板が鳴った。身がすくむ。本当にこの床は鳴ってほしくないときに限って張り切って鳴る。

風呂場まで生真面目にギイギイ鳴る。

シャワーを浴びて、自分の部屋へ戻るとき、父の部屋からはラジオが聞こえてきていた。

部屋にはユウの鏡台やベッドが残されたままだ。家に帰ってくると一人じゃないと実感する。楽しい一方で同じぐらい不安もある。工房に泊まっていたほうが楽だと思えるときも、やっぱり帰ってくるのは、一人じゃないことを確認したいからだろう。

裏が白いチラシにデザインを練習する。

私は父や弟に支えられて大作に挑んでいる。

だから、大丈夫だ。


朝昼晩三食分のご飯を弁当に詰め、ラジオ体操をし、工房を掃除すると父を手伝う。

父は気が向けば皿を洗ったり洗濯をしたりする。しかし、あまり期待はしていない。皿に食べ滓《かす》がついているのはまだマシで、枚数が減っているかと思いきや、無惨な状態で燃えないゴミ箱に放り込まれていることも多い。洗濯に至っては面汚しともいえる有様で、団子状のままピンチにぶら下げられているから。

その日の仕事が終われば、協同組合の工房へ向かう。

「今がらピアノさ行ぐどごだが？」

不織布を畦《あぜ》の表面にべたがけしていた吉田のばっちゃが声を掛けてきた。

自転車を止める。

「こんにちは。うん、今から」

「えれぇもんだなあ。体こ大丈夫だが？」

「大丈夫大丈夫。ありがっとう」

「夜中も遅ぐに帰って来るべし」

ばっちゃの眉が寄る。「ちゃんとまま食ってらんだど」

「ばっちり食べてるよ」

母にもだったが、よくご飯の心配をされる。

「今度、ピアノば見に来てね」

「ああ、行ぐ行ぐ」

「それじゃあ」

「いってらっしゃい」

「いってきまーす」


七月下旬の蒸し暑い日だった。

電熱器で漆をくろめていたら、ふっと体が浮くような眩暈《めまい》がした。


——目を開けると、おいしそうな黒豆が二つ、宙に浮いていた。

咄嗟に状況が理解できず、瞬きをすると焦点が結ばれた。

「は、起ぎだど」

しゃがれた嬌声が耳の奥に響いた。黒豆と思ったのは吉田のばっちゃの鼻の穴だった。

「よかった、食べようとしなくて」

「ん？　腹減ったが？」

そこは自宅の居間だった。扇風機が低い音を立てて回っている。二つ折りにした座布団を枕に、額と首筋に冷えピタが貼られていた。ちんぷんかんぷんでいる私に、ばっちゃが説明した。


ばっちゃが様子を見に来たら、床に私が伸びていたのだという。呼びかけると返事はするものの覚束ないので、自宅に電話した。父がワゴンで駆けつけ、自宅まで運び、診療所の先生を呼んだそうだ。先生は、閉め切った蒸し暑い工房の中で電熱器を使っていた上に、溜まっていた寝不足と疲れが追い打ちをかけた熱中症だと見立てた。

それを聞いて私ははっとした。「ああ！　漆！　そのままじゃない？」

起き上がろうとして、ばっちゃに押しとどめられた。

「でぇじょうぶだ。おどさが始末しに行った」

「おっとうが？」

「ん。安心せ」

ほっとしたのも束の間だった。鬼のように怒鳴る父が想像され、血が引いていく音を聞いた。

「ややや っぱり戻ります。暢気に寝そべってなんかいられません」

「今戻るってが。まいね」

ばっちゃが首を振る。「ちゃんと体休ませねんば。無理が祟ってこうなったんだで、自覚せ」

「無理なんかしてません」

つい、語気を荒らげてしまった。ばっちゃが面食らった顔で私を見つめた。

「ごめんなさい。でも今すごく楽しいんです」

立ち上がる私をばっちゃが目で追う。まだ少しふらふらするが、たいしたことはない。

「無理してるなんて全然。ご迷惑とご心配をお掛けして申し訳ありませんでした。また何かあったらよろしくお願いします」

自分でも何を口走っているのか定かじゃないまま玄関へ向かう。

「まだ何があっだらって、みっこちゃん……」

当惑しているばっちゃを後に、駆け出した。


組合の工房の戸を開けたとき、父は床を雑巾掛けしていた。中途半端だったくろめ作業も終わり、電熱器は片付けられていた。

「てめーの体調管理もろくにできねえのさ、漆の管理ができるど思ってらのが！」

大音声に吹っ飛ばされないように踏ん張った。

「すみませんでした」

体を折って謝った。

「疲れだどが、暑いだどが、そっただものぁ気合いで何どがすもんだ！」

「はい、すみませんでした」

私は殊勝に謝った。

「気合いが足らねはで、そっただざまさなるんで。仕事ってなったら例えイボ痔だったて気合いで引っ込めるのがほんとだんだ。それがプロってもんだろうが！」

私はゆっくり顔を上げた。「痔？」

私を見据えていた父が我に返って、決まり悪そうに顔を背けた。それから、体中に溜まる毒でも吐き出すように強く息を吐いて、頭に巻いたタオルの中に手を突っ込んで掻きむしった。

私が工房に入るのと入れ違いに、父は出て行った。思えば組合の工房に来たのもこのときが初めてだった。

砂利をねじるような足音が離れていきワゴン車のドアが閉まった。エンジン音が遠ざかっていくと、代わりに耕運機の音や鳥の囀りが大きくなった。

頭に巻いたバンダナをぎゅっと結び直した。

黒呂《ろ》漆で模様を描いていく。細かいところは面相筆《めんそうふで》を使う。防塵マスクをつけ粗目の籾殻の炭粉をふるいにかけながら撒き掛ける。

工房内はもうもうと煤が舞い上がった。

耳の穴をほじくると黒い耳垢が取れた。

テレビを見ながら弁当箱に詰めた朝食——玄米、鮭、チルドシューマイ、きゅうりのキムチ和え、吉田のばっちゃからもらったたくあんの古漬け——を食べる。

「休め」

父の低い声に顔を上げると、父は顔をテレビに向けていた。

「……」

「今日は休め」

父は低い声で繰り返して玄米を頬張った。

「休まなくて大丈夫です。今日は組合の工房のほうは『待ち』だから、こっちの仕事だけだし」

私は軽く断った。父は黙って味噌汁を啜りこみ、改めて椀を覗き込んだ。

味噌汁は味噌を入れ忘れていた。玄米は芯が残っていて、もろもろと箸から零れ落ちた。

ななこ塗の種をはいだ本棚を父と庭に運び出し、ホースで水をかけながら凹部に入り込んだ漆の粉をたわしで洗い流す。

「夏大根だども食うがー」

いきなりの大声にびくりとして、父に頭から水をかけてしまった。

隣の畑から、ばっちゃが膝と腰を中途半端に曲げたまま大根を頭上に掲げている。大根を掘っていたらしい。まったく気がつかなかった。

「ありがとうぉ」

「後で取りさ来ぉ」

「行くー」

父がくしゃみをした後、盛大に手鼻をかんだ。


家の仕事を終えた夕方五時過ぎから協同組合の工房に入った。

焦ってはいけない焦ってはいけない。

繰り返し自戒するものの、早く乾け、早く輝け、早く柄を出せ、早く早く早く、といつの間にか急いている。

子育てというものの経験はないが、母親とはこういう気持ちなのだろうか。

けれど、どんなに焦っても漆は自分のペースを死守する。

コンクールに間に合うのだろうかと不安になってくる。

ピアノ全体を見渡した。

コンクールは来年の三月だが、漆は待ち時間が異様に長い。作業し続けている間はどうにか焦りとか不安をやり過ごしていられるものの、手が空くとぞろりとそれらが頭をもたげる。

完成しても漆を硬化させるためには最低でも三ヶ月の時間が必要だ。

壁時計の針がチッチッチッチと進んでいく。窓の外を雲が瞬く間に流れていく。

刹那、この素材でよかったのだろうか、という迷いが頭を掠めた。

研ぐ手が止まる。くすんだ表面に映る私はほとんど亡霊だ。

――コンクールに出したところで、洟《はな》も引っ掛けられずに終わるのがオチだ。どうせ、私は何やったってうまくできっこないんだ。

今までのこと――靴を左右履き違えていたこととか、クラスの女子からの仲間はずれとか、スーパーのクレーマーとか――が一気によみがえってきた。

まだまだ塗らなきゃならない。磨かなきゃならない。なのに、こんなに気持ちが不安定だと、とてもじゃないがまともなものはできない。


一旦、夕飯を食べに家に戻る。朝、作った弁当を冷蔵庫から取り出して、父の前に座って食べ始めた。

「おっとう」

相談しようとして声が気張った。足の皮を剥きながら酒を飲んでいた父が「ぐ」と呻き声を上げた。皮を深くむしってしまったらしい。

「なんだ」

私はなんと切り出せばいいか文言を考えて父を見つめた。睨んですらいたかもしれない。父が立ち上がったので、私は条件反射で仰け反り、後ろ手を突いた。

父は茶箪笥に上がっている置き薬箱を覗いて赤チンを取り出すと、再び私の前に落ち着いた。「休め」

背を丸め、足の裏に塗った後、足を持ち上げて息を吹きかける。

「は」

「休め」

父はしつこく吹き付けた後、足をシンクロナイズドスイミングのように恥も外聞もなくぶち上げ、指をうごめかし惚れ惚れと眺めた。


いつもは夕飯がまだ口に入っているうちに自転車に飛び乗り、立ちこぎで工房へ向かっていたが、今日はすぐに風呂に入った。それからテレビの前でだらだらしていた。

こんなことをしていていいのか、と自問し、自責の念に駆られだす。宿題を気にしながら遊んだ夏休みが思い出された。

好きだったはずなのに、作業を考えるとどういう訳だかウンザリする自分に驚愕する。

芸人のトークを前に、父がははと時折乾いた笑い声を上げた。

食卓の上には空っぽの器が放ったらかされたままで、汚れが干からびていく。片付けないと汚れを落とすのに苦労するとわかっているが体が動かない。

ははは……。

父が空笑いしている。

「おっとう、何がおかしいかわかってるの？」

父は振り返り、首を傾げた。

「わがんねども、なんがみんなして笑ってらはんで。みんな面白えすけ笑ってらんだべ」

「それは本当の笑い声じゃなくて録音した笑い声を流してるだけなんだよ」

「んだのがあ」

父がテレビに向き直って、短い足を伸ばし足首を左右に揺する。

「したども面白え場面だはんで、笑い声ば流すんだべせ」

「まあそうなんだろうけど」

テレビが笑う。父が一拍遅れて笑う。

私もなんだか知らないが笑っていた。

ははははは……。

明けて、土鍋からの煙が充満する朝の台所に私は突っ立っていた。

恐る恐るふたを開けて覗いた。

玄米が真っ黒に焦げている。

そっとふたを戻した。

おかしい。ちゃんと見ていたのに。

まぶたを揉む。


食卓に着いた父はパンと納豆とマツタケのお吸い物を見て——何も言わずに食べ始めた。

やっぱり今日は休もう。

降水確率は午前が二十%、午後が０%。

溜まった洗濯物を洗濯機に入れ、布団を干す。布団乾燥機も洗濯物乾燥機も、お日様にはかなわない。

まさに「お日様」だよな、と思う。


工房に顔を出すと、父はマギリを研いでいる最中だった。

「おっとう、買い物行ってくるけど、何食べたい？」

マギリで刷毛の柄を削って、短くなってしまった毛を出す。刷毛の毛は海女の髪の毛が一番いい。海水に浸かっていた髪は硬さと漆の吸い込みが絶妙なのだ。

「焦げでねまんま」

「……ですよね」

戸をそっと閉てた。


スーパーまでぶらぶらと三十分歩く。

どういう風に塗るのがいいか、どうすればより美しく品よく仕上がるのか、どうすればピアノが引き立つのか。

「みっこちゃーん、どっちゃ行ぐどごだー？」

大声にはっと足を止め、顔を上げた。

一瞬、自分がどこにいるのかわからなくなって、軽い眩暈を覚えた。

「みっこちゃーん」

背後からの声に振り返ると、スーパーの自動ドアの前で手を振る吉田のばっちゃの姿を見つけた。手が振られるたびにドアが律儀に開閉を繰り返して、ばっちゃはなかなかの無邪気な営業妨害っぷりを発揮している。

私は慌てて来た道を引き返し、ばっちゃの元へ駆け寄った。

ばっちゃはすでに買い物を終えて、大きな風呂敷包みを背負って両手にも提げていた。

「買い物さ来たの」

「どごさ？」

「――ここ」

ばっちゃはスーパーを通り過ぎた私を不思議そうに見上げた。

「んだら、一緒に帰るべ。わ、ここでねまって待ってるはんで」

ばっちゃは木目を模したプラスチックのベンチに腰掛けた。

「ばっちゃ、何買ったの」

「わが？　肉ど魚こ、そいがら豆腐ど豆乳、納豆……」

野菜は買ったことがないという。大豆は女性ホルモンにいいとＨＮＫが喋っていたと希望に満ちた顔で教えてくれる。

「――女性、ホルモン……」

「んだ」

あまりに力強く頷くので、私は目を細めるしかなかった。

ばっちゃが待っているので、いつもよりてきぱきと商品を選んだ。大豆製品が多いような気もするが、深く考えないことにする。

店を出るとばっちゃは缶珈琲を飲みながら地面につかない足をぶらぶらさせて通りを眺めていた。

「お待たせー」

「ちゃんとポイントもらったど？」

「ポイント？」

「カードだ。ここは毎週火曜日、ポイント五倍だ」

ベンチから飛び降りて、ばっちゃは手のひらを私の目の前に突き出した。

「へだへで、わはこっちまで足ば延ばして来たんだ」

「私、カードないよ。それにもう会計終わってまったよ」

「後がらでも今日中だば帳場でつけでける」

「そうなんだ？　よがったら、ばっちゃさあげるよ」

「だあっ」

ばっちゃは一喝して私の手を取ると、店内に引っ張っていき、サービスカウンターに引き出した。

「カード一枚」

ばっちゃは背伸びをしてカウンターに肘を乗せると、まるでバーでバーボンでもオーダーするかのように、リウマチの気のある曲がった人差し指を立てた。

「少しずつでも、こーゆーのはバガになんねんで」

ばっちゃは備え付けの老眼鏡を掛けると、店員を差し置いて申込用紙の記入方法をちゃっちゃと説明し、私はあっという間に店のメンバーズになり、ポイント入りのカードを手にした。


店を出てレンガの歩道を帰る。ばっちゃは何度か立ち止まって、荷物を持ち直したり背負い直したりした。商品全重量をその小さな体で受け止めているのだからかなり辛いはずだ。

「ばっちゃ、それ持とうか?」

「なも要らね。自分の腹さ入るのぐれえ自分で持でねぐなったらはあ、お終ぇだ」

ばっちゃが背負っていたのは豆乳などのほかに、味噌六キロ、塩五キロ、麹一袋だった。

「そんなに買ったんだあ」

「五倍だはんで」

「いや、ポイントじゃなくて」

その量は一体。店でも開くつもりか。

「大根だの蕪だの漬けでおがねばなんねすけよ。今年ぁなもかも大漁だ」

ほくほくしている。

「どんだ、みっこちゃんも漬けでみねが？」

「あ、ぜひ教えで！」

ばっちゃは黒豆のような鼻の穴をおっぴろげた。見る間に二つの頬骨の辺りが赤くなり目尻に皺が集まった。

「ばっちゃ、シルバーカーあったら、よほど便利じゃない？」

「だあっ」

一喝された。あんまり大きな声だったので、散歩中の犬が飛びのき、びっくりさせられた腹いせに猛然と吠え立てた。ばっちゃは無視した。

「シルバーカーずのは、年寄りのもんだべに。わさば合わね」

虚勢だとしても、私は頼もしく思った。

風が緩やかに吹いてくる。

「いいにおい」

ばっちゃも鼻を風に向ける。

「桃だな。あど半月もせば収穫できる」

「え、もう桃の時期かあ。気づかなかった」

胸いっぱいに吸い込んだ。体中に香りが染み込んでくる。

「おらほの便所のかまり《におい》ど一《同じ》つだ」

——目いっぱい吐き出した。


軒下にしこたま積み上がっていた大根と蕪を何往復もして台所に運び込む。

台所は薄暗かった。室《むろ》のようにひんやりして、沼地のようなにおいがした。ばっちゃが蛍光灯の紐を引っ張って電気をつけた。

テーブルの上は物で埋まっていた。しょうゆさし、家計簿、急須、お茶の残った茶碗、洗った割り箸の挿さった箸立て、ティッシュ、茶色いシミが広がる色褪せた健康雑誌、減塩健骨のしょうゆ、コラーゲン入りの脱脂粉乳、ジップロックのご飯。ラップされた小鉢に入った大豆の白和え。

一口齧って、食事そのものに飽きた、と言わんばかりに取り残された鮭の塩焼きに、胸が詰まった。ガス台には小さな文化鍋と一人用の土鍋がのっている。あの中身は味噌汁だろうか。ばっちゃは、ずっと一人暮らしだ。かつて結婚していたのか、家族はいたのか、その過去について私は知らない。

手を洗い、ばっちゃと向かい合わせに床の上に座り、大根と包丁を手にした。

皮は、なかなかスムーズに剥けてはくれない。

「ユウはリンゴの皮剥きが上手だったんだ」

「最近、おんちゃま見ねんども、どした」

「……オランダへ……」

おらんだ……と呟いて、ばっちゃは「誰のだ、おらんだ」と一人にやっとした後、「オランダ!?」と聞き返した。

「オランダってカステラどが、種子島のあのオランダが!?」

「ばっちゃ、実際いくつ?」

「なしてそった遠ぐさ。はあ、一生会えねがべな」

ばっちゃはやるかたなし、と首を振ってため息をつく。それでも大根の皮は途切れることなく、とぐろを巻いてざるに降り続ける。

「飛行機ですぐだよ。電話もメールもあるし。私はまだやってねどもせ、フェイスブックどが、スカイプどが」

ばっちゃはメールのくだりから興味を失った。

「皮剥き器、持って来るが？」

水玉状態のボロボロとした皮を見て、ばっちゃが助け舟を出した。

「いや、練習する。ユウさ負げたぐない」

「包丁ばし動がすんでねくて、大根のほうも動がすのせ。ほら、こうして。おめんどのほうが得意だべ」

ばっちゃがゆっくりやって見せた。漆塗と関係のない作業だと思っていたが、包丁が刷毛で大根が器物だとすれば塗りの作業と同じようなものだ。

「手仕事ずのはほとんどみな似だよんたもんだべ」

私はすっかり感心した。

とすれば、やはりユウには塗師の才能があったということだ。そのことにユウ自身は気づいていたのだろうか。もし、津軽塗をユウが継いでいたら、それじゃあ私は今頃何をしていたのだろう……。

「ちょちょっと塗った」という唐塗の花瓶を思い出した。

──気づいていたに違いない。

ユウは自分の才能に気づいていたからこそ「嫌って」いたのじゃないだろうか。結局のところ、私にできる唯一のことがこの仕事だとわかっていて譲ったのではなかろうか。

考え過ぎ？

「上手いもんだぁ。やっぱり塗師《ぬし》の子ぉだ」

ばっちゃが目を細めた。

いつの間にか、大根の皮はリボン状に螺旋を描いていた。

ばっちゃは料理教室を開くのが夢だったという。人に教えたい、美味しいものを食べさせ、美味しくする方法を知ってもらいたい。自分が知っていることを教えるのがわくわくするのだそうだ。そんなことをばっちゃは気持ちよさそうに話す。

ばっちゃの手の皮はぶ厚い。関節も木の瘤《こぶ》のようだ。弛《たゆ》まず働き、ばっちゃと生きてきた手だ。

私の手もいずれそうなるのだろうか。

それもいいな。なにか、歩んできた人生にお墨付きをもらえるような気がするから。

大根を縦半分に割る。大根の地肌が見えないように味噌を充分に擦り込んでいく。木製の一斗樽にばっちゃが上半身を入れて焼酎で消毒していく。

「大っきた樽だね。まるで棺桶みたい」

ばっちゃが身を起こし、顔をしかめた。

大根を隙間なく並べて木の落としぶたをし、いくつもの重石を載せる。その重石は河原で拾ってきたような普通の石をビニール袋に入れたものだ。

「いつ頃食べられるの？」

「そんだなあ、一ヶ月経ったらまた味噌ばとっかえで、そいがらもうひと月漬けで、ほんだらまだ新しい味噌さ塗り替えでひと月ってどごだな」

「そんなにかがるんだ」

「もっと置げば、もっとんめぐなる」

「時間、かがるんだね」

「なんでもそうだ。焦っちゃなんね。待づのもんめぇ内だ」

ばっちゃは得意げな顔をした。

「ある日、いぎなりんめぐなってで仰天すんだ」

さらに蕪を漬けた。二つの一斗樽が小さな台所にでん、と鎮座している様はなかなかに壮観だった。

剥いた皮と葉は、縁側に干して味噌汁の実や煮物にして食べきるという。ばっちゃの台所にはネットに入った玉ねぎの茶色い皮や、乾燥したどくだみなどがぶら下がっていて「こりゃ、血圧さ良いんだ」「こりゃ腹壊したときに飲んだり、体さポツポツが出だとき塗ったりすればたちどころに治る。痔さもいい。どんだ、おどささ持ってってやんねが？」と説明してくれた。


お土産に、去年から漬けてあった大根とどくだみをもらって帰ってくると、居間の隅に、洗濯物と布団が取り込んであった。

忘れてた……干したことすら忘れてた。

布団と洗濯物を畳んで父の部屋と自分の部屋へ運ぶ。布団は半分の重さになって倍の厚さになっていた。お日様の香りが移っていて穏やかな気持ちになっていく。なんだか全てを「これでいいのだ」と肯定してもらっているような気がした。

手抜き掃除が祟って、カビが蔓延《はびこ》る浴室にカビ取り剤を撒く。あまりに勢いづいているカビに、やってやろうじゃないの、とファイトが出てきた。パッキンにラップでパックをして

うに。

おいて、その間にトイレを磨く。

なにしろ磨くのは苦にならない。便器は擦れば擦るほど甦っていく、何もなかったかのように。

翻って、津軽塗は研げば研ぐほど過去が現れる。何をしてきたかが如実に突きつけられる。

嘘はない。

喉を詰まらせることもない。

出来上がった物には、私のすべてを知られている。

無口で重厚。荘厳で静謐な津軽塗はとても饒舌で意地悪なほど公明正大だ。その舌をもって地獄の閻魔のように何もかも暴く。

そこがきっと。

「面白いんだろうなあ……」

パッキンを古歯ブラシで擦りながら作品の段取りをイメージしていた。ピアノのふたは開けたときにぐっと引き立つよう表を抑え、裏を絢爛《けんらん》豪華にしよう。側面はあのカーブに合うよう流線型のモダンな印象にしよう。それから……。

完成をイメージする。

未来をイメージして、過去を浮き上がらせる。

やっぱり漆は私をわくわくさせる。


「お」

私の前の玄米を見た父が表情を明るくした。「今晩は炭じゃねえ、まんまだ」

「食べる？」

「どーすがな」

父は酒を口に含んだ。もらってきた大根の味噌漬けをかりかりと食べ始めた。「んめ」

「一年も漬けたんだって」

「ほうが」

「長く漬けると味がよくなるらしいよ」

「ほうが」

「焦っちゃダメなんだよ」

「ほうが」

「休んでよかったよ。またやりたくなった」

父は豚肉とキャベツを豆乳と味噌で煮たものを頬張る。

「布団と洗濯物、取り込んでくれてありがとう」

「おお、うん」

顎を伝う汁を手のひらで雑に拭う。

「そりゃなんだ」

箸で急須を指す。

「これもばっちゃからのおすそわけ。どくだみ茶。健康にいいらしいよ。痔にもいいからおっとうにも飲ませろだって」

父は渋面をこしらえた。

「まんま、食うがな」

私は台所へ行き、土鍋から玄米をてんこ盛りによそった。


朝、ユウの鏡台に向かって、ムダ毛処理の電動剃刀で伸びてきた坊主頭を刈った後、三枚刃で仕上げていると、

「いだっ」

側頭部を少し切ってしまった。

茶簞笥の上の薬箱から赤チンを出して頭に塗り付ける。そういえばこの赤チンは父の足の裏を塗ったものじゃないか。

バンダナをぎゅっと結んだ。

台所に入り、土鍋をガス台に置いて点火する。

鍋で飯を炊くのは、座禅に近い。

バイクの音は新聞屋だ。瓶が軽くぶつかる音は牛乳屋。

無心に鍋を見つめた。

スズメが囀っている。やがて空の高いところを渡っていくカラスの鳴き声が加わり、ばっちゃの家の玄関が開く音が聞こえた。

不意打ちのような唐突さで朝日が差し込んでくる。

濃い湯気が目を掠め、朝日を遡っていった。


まぶたの裏で、黒々としたピアノと対峙する。

——焦っちゃなんね。待づのもんめぇ内だ。ある日、いぎなりんめぐなってで仰天すんだ。

ばっちゃの声が聞こえる。


ユウは思い出したように電話をよこす。

「ちゃんと作ってる?」

「何を」

「展覧会に出す作品に決まってるでしょ！」

「ああ、うん……やってるよう」

「ぼんやりした声だけど、寝てるんじゃないでしょうね」

「あのさ、今何時かわかる？」

「五時でしょ。夕日がきれいよー、ロマンチックで」

一時的に声が遠くなり、振り返る気配が伝わる。

「ユウ、知らないかもしんないけど、世の中には時差というものがあってね。驚くべきことにこっちはなんと午前一時なんだよ」

枕に顎をのせたままあくびをした。大体目途《めど》がついてきたので、今日は久しぶりに十二時前に寝られたのに、これだ。

あらあらまああ、とユウは優越感丸出しで朗らかに笑った。

「ちゃんと間に合わせるのよ」

「そっちは忙しいの？」

「ぜんぜーん」

ユウは忙しくても、忙しいとは言わない。余裕のある素振りをするのが得意だ。忙しぶるのはかっこ悪いと思っているらしい。

「どうして？」

「あんまり電話がこないから」

「だって、電話するとママのたまご焼き思い出しちゃうんだもん」

「たまご焼きくらい自分で作りな」

「ママンのじゃなきゃ食べたくないの」

弁当箱を送って以降、母からの連絡はなくなった。青木の戸籍からとうに抜けた彼女は、もしかしたら、すでに私の知らない苗字になっているかもしれない。それを考えると、大きくくり貫かれた胸の穴を凍てついた風が通りすぎていく感じがする。特に夜になるとその感じが強くなる。

漆塗は孤独だ。せめてユウがいてくれたらな、と思うことが増えた。

自分に合っている。だが、ふと、作業の合間に、隙間風を感じてヒヤリとすることがある。

「ユウ、こっちには帰ってこないの？」

「なあに言ってんのよぅ、アタシはこっちで生きてくって決めたんだから」

彼女から祖国を想うとか、家族と離れた寂しさとかは微塵も窺えない。ただひたすらたまご焼きですか。

「もしかしておねえ、寂しいわけ？」

私は鼻で笑った。

「そんなわけないじゃん、オカマじゃないんだから」

「そうよねー」

ユウの豪快な笑いが携帯をしびれさせる。寝返りを打って横顔を枕に押し付けた。ユウは何か喋り続けている。いつもそうだ、私が眠るまでこうやって喋りまくる。

寝入りばな「花を買いなさい、花を」というのが聞こえた。

あと二時間で夜が明ける。そうしたらまた、三食分の弁当の準備をして、ラジオ体操をし、朝食を食べて、掃除をして、座禅を組み、仕事にかかる。


カラリと晴れ渡った午後、ぽっかりと手が空いた。

「ちょっと散歩してくる」

漆風呂の調子をみている父の背に断って外に出た。雲一つない秋空を赤とんぼが、水平に横切っていく。

去年とまったく変わりのない銀杏並木を行き、花屋の前を通りかかった。

そういえば、ユウが花を買えと言っていたような気がする。

去年と同じ女性店員が、カウンターで伝票をつけていた。

店頭のバケツに粗雑に入っている花々が眩しい。奥の唐塗の花瓶もそのままだ。

「いらっしゃいませ」

「あ、こんにちは」

私は店に一歩入った。

「きれいですねぇ」

「ありがとうございます。初めてのお客さまなので、サービスいたしますよ」

彼女はにこやかに微笑んだ。私もつられて微笑み返した。

初めてのお客さんっぽく店内を見回してから、オレンジの花を指した。

「このガーベラ一本ください」

私が知っているのはバラとガーベラとアスターだけだ。店員は新聞紙ではなく、セロハンに包んで、ピンクのリボンをかけてくれた。去年の私とどこが違うのか、わからない。

ユウに教えてやりたい、新聞紙じゃなくてセロハンに格上げになったよ、と。ユウならその理由を教えてくれるかもしれない。

何度も寝返りを打った。やっぱり心配だ。暗い天井がピアノの表面に見えてくる。

ベッドから起き上がり、着替えて鍵を手に部屋を出た。トイレの水音が聞こえたので振り返ると、廊下の奥のドアが開いて、腹巻きの上から腹をさすりながら父がのっそりと出てきた。私に気づいて立ち止まった。

「渋腹《しぶりばら》でよぉ」

面目なさそうにぼやく。私はああ、うん、などと答えて「ちょっと組合の工房に行ってくる」と鍵を振った。父はうんと頷いて、尻が耐えられねぇじゃあ……とかなんとか繰り返しながら居間へ消えた。父の尻などどうでもよい。

緩やかな風が稲刈りの半分終わった田んぼを吹いてくる。虫はまだ辛うじて鳴いていた。自転車はスピードを上げたり、落としたりを繰り返す。早く工房へ行きたいような、行きたくないような気持ちがせめぎあっている。

数時間前まで私がいた協同組合の工房は、深い暗闇に沈んでいる。鍵を開け、電気のスイッチを入れた。眩しさに目をすがめる。

漆風呂の扉の前に座り込むと膝を抱えた。腹をさする父が蘇る。父も心配しているのだ。戸板一枚挟んだ向こうの部屋で、今漆は変化していっている。私が眠っている間もご飯を食べている間も漆は休むことなく変化し続けている。私がここにいてもどうしようもないのはわかっていても、家でじっとなんかしていられない。


気づくと夜が明けていた。深呼吸して覚悟を決める。

祈りながら漆風呂の扉に手をかけ、力を込めて開けた。

漆の濃縮されたにおいがじっとりと這い出てきた。震える息を吐く。

柔らかい金紗《きんしゃ》に似た朝日がピアノのパーツを包み込む。

パーツの周りを巡って、瑕疵《かし》がないか注意深く調べる。自分の鼓動で視界がぶれる。

どれぐらいしつこく点検しただろう。

ほーっと息を吐いた。

最後の塗りはクリアできた。次は最後の磨きだ。

シカの角を蒸し焼きにして粉にした角粉《つのこ》で磨き上げ、仕上げは指で磨いていく。広大とも言えるピアノを磨いているうちに、指先の感覚も脳みそも麻痺し、何も考えられなくなっていく。コレが最後の作業だ。私ができるのはここまでだ。ならば私の全てをここに置いていきたい。


視界が見えづらくなって顔を上げると、日が落ちていた。

時間の感覚が吹っ飛んでいた。

明かりをつけて再び磨く。


やがて窓の外の闇がゆるやかに追いやられて青い朝がやってくると、虫の音が遠ざかり、スズメの囀りが聞こえてきた。


最後の一磨きを人差し指に込めて払った。

長く、息を吐いた。


一歩二歩と後ずさる。ひどく疲れているのに、高揚感が半端ない。ふわふわと浮いて頭の芯が痺れている。

「ああ……」

ようやく終わった。

戸が開いた。雪のにおいがまっすぐに入り込んできた。

「みっこちゃん、おはよさ〜ん、今日が完成の日だべ」

「どりゃどりゃ、会長のわが出来ば確認してけら」

「みっこちゃん、出来だが？　ひひひ」

佐々木さんと会長さんと吉田のばっちゃがどやどやと入ってくるのが背中でわかったが、私はピアノを見つめたままぼんやりしていた。

野太く押し殺したうめき声が背中にぶつかった。

「こりゃあ……」

そろそろと、私の右側を毛糸の帽子が、左側を禿げ頭が通り過ぎていく。

「こりゃあ……」

佐々木さんは前かがみになって、ピアノに近づき手を伸ばした。が、その手は触れることなく宙にぴたりと留まった。

「じゃあ……てぇへんだものぉ、こさえだなあ。じゃわめぐって《ぞくぞくするって》こっただごどぉへるんだなあ」

佐々木さんが毛糸の帽子を直した。会長さんが禿げ頭をなでて、そのまま頬を押さえた。ばっちゃが鬼にでも出くわしたみたいに顔を強張らせると、私の陰に隠れた。目を見開いてピアノを凝視している姿が、ピアノに映っていた。

振り返ると、父がいた。父の背後に雪景色が広がっている。すっぽりと雪を被って凛とした岩木山が目に染みてくる。白すぎる景色からは距離感も立体感も失せ、なんだかこの世じゃないみたいに感じた。

「この世のものどは思えねなあ……」

「いやあ、おっかねぐなるじゃあ」

佐々木さんと会長さんは声を殺す。

父だけは私を見つめていた。曲がったままの膝が震えていた。

「手ぇ、大丈夫が」

父が、だらんと下ろした私の両手に顎をしゃくった。

私は暗示にかけられたみたいにぼんやりと両手のひらを見下ろした。

漆がしみこんだ皮膚はとうに黒ずみ、タイヤのように硬くヒビ割れてごつくなっている。

吉田のばっちゃみたいな手になれているだろうか。

私はその手で顔を覆った。なんだかわからないが、激情がこみ上げてきて嗚咽した。

父がそばに来た。ばっちゃが私を抱きしめた。思いがけず強い力だった。

白銀の朝日が差し込む森閑《しんかん》とした工房の中央に、クリーミーな艶をまとったピアノが鎮座していた。

ピアノは年末に乾燥を終えて完成した。全体を山車《だし》になぞらえて、部品以外のその全てにねぷた絵の紋紗塗を施した。屋根を上げると、裏側から絢爛たる錦塗《にしきぬり》が現れる。隠れた部分こそ大事にするという津軽塗の心意気を表現した。

デジカメで写真を撮り、メールでユウに送った。ユウは、私の書いた日本語のエントリー表を訳して主催者に送ってくれた。

年末の大掃除は、いつも通り私が母屋を、父が工房を担当した。父は例年より念入りにやっていた。

お昼になり、掃除をあらかた終えた私は、そばを茹でて、父を呼びに行った。

父は、棚の前で余ってしまったたくさんの漆にラップをかけているところだった。背中が丸い。時々手を止め、呆けたように宙を見つめている。

「おっとう」

そっと声をかけると、父の頭がピクリと跳ね、それからゆっくりと振り返った。

疲れと寒さのせいだと思いたいが、父の顔は青かった。

「……疲れた？」

なんとか笑みを浮かべようと努力したら、声が裏返った。

父は瞬きをして深呼吸した。頭に巻いたタオルを引き下ろし、顔全体を拭う。

「いんや、てぇしたごどぁ、ね。どりゃ、まんま食うが。どっこらしょ」

膝に手をついて立ち上がった。小枝が折れるような音が膝から聞こえた。

凝ったおせちなんて作れないし、材料を買うだけの金もないが、雰囲気だけでも、と拾って皮を剥き冷凍していた銀杏で、甘露煮《かんろに》や茶碗蒸しを作った。父は調子に乗って食べ過ぎ正月早々腹を下した。

年賀状は漆器関係のばかりパラパラと。仕事関係以外のものはなかった。

毎年どんどん少なくなっていく。こちらが出しても、来ない場合も多い。一枚一枚繰り返し眺める父の姿に、なんともいえない気持ちになる。

漆は高くなる一方だし、漆器の注文は減っている。

そりゃ、安くて簡単に手に入るプラスチックや石油塗装のほうがいいよな。直せば何十年も使えるって言われたって、直してまで使いたいと思う人も少ないだろう。みんな忙しいんだ。急いでるんだ。のんびり補修が終わるのを待ってなんかいられない。飽きてもくるだろう。

もったいないと思う。漆器は飽きてからが面白いのだ。徐々に変化していく趣きに気づいたらきっと手放せなくなるのに。

走るんじゃなくて、歩いていくように、もっとゆっくり生きていけばそのことに気づけるのに。

松が明け、問屋を回っていた父が帰ってきた。

私は台所に立ち、やかんを火にかけた。父用のお茶と、自分用に珈琲を用意する。ペーパーフィルターの糊代《のりしろ》をぴっちりと折って、ドリッパーにセットし、粉を入れ、お湯がカンカンに沸いたら粉の真ん中へのの字を書くように注ぐ。香りを深く吸いこむ。粉が落ち着いたら再び細く注ぐ。

した、した、と落ちている間に、父の湯飲み茶碗にお湯を入れて温め、急須に茶葉を入れた。

「珈琲があ？」

父が居間から香りを嗅ぎつけ、声を伸ばした。

「うーん」

珈琲から目を離さず返事を返す。

「おっとうも飲むー？」

「んだなあ、わも飲んでみがなあ」

どういう風の吹き回しだろう。

お盆に二つ珈琲をのせて居間に運んだ。拾った銀杏と餅だけがあるこたつの上に置く。

「いいにおいだ」

目を閉じてたっぷり湯気を吸い込んだ父は、気鬱を濃縮させたような息を吐いた。

テレビからは正月気分の抜けない華やかな番組が流れてくる。

父は静かに目を開けた。

「あのなあ、美也子」

何トンもの鉛がぶら下げられているような重たい口調だった。

珈琲に口をつけようとした私は顔を上げ、父が切り出すのを待った。

父は手の甲を扱《しご》くようにこすった。

「仕事のごどだども……」

ああ。

なんとなくわかった。うん、と小さく相槌を打つ。言いにくいだろうな。今まで何代も続けてきた仕事だもの。

「先た、問屋さ行ってきたんだども。見での通り、仕事が入ってこね」

こたつの上に注文表をのせた。枠だけが書かれている。コピーを繰り返したために、そばかすが散り、線も歪んで不鮮明だ。

なぜか、離婚届を思い出した。

私は自分の爪を見下した。

また、だめだったのか、と思う。何をやっても私はだめだな。

私が、ユウのように自信を持つ日は来るのだろうか。

ばっちゃの手のように、お墨付きはもらえないままなのだろうか。

「このままだば、なも生活してげねがべ。んだすけ……」

玄関が開く音がした。

話を中断された父が玄関へ顔を向ける。その横顔は半分、「救われた」というようにほっとしていた。


一体誰だろう、と立ち上がって玄関に出た私は叫んだ。

「ユウ!」

「はっぴーにゅーやー、おねえ! おめでとう」

ヒョウ柄のコートを羽織って、黒いミニスカートを穿いた彼女は、体当たりするように私をぎゅっと抱きしめた。

「か、帰ってくるんなら連絡くれれば」

「迎えに来たのよ！」

ユウは私から体を離すと、私を揺さぶった。

「は？」

バフンウニの棘のような彼女のまつげが刺さりそうだ。

「だから、コンクールよ、美術展よ！　オランダに行くわよ」

「え」

「え、じゃない。パパンは？」

ユウは私の腕をポポンと軽く叩いてどかすと、大股で居間へ向かった。

仁王立ちで襖をスパンと開ける。

「パパン、おねえがノミネートされたのよ！」


一月半かかってオランダまで船で輸送され会場に運び込まれたピアノは、ユウが手配した調律師によって音が調えられた。弾かれることはないだろうが、ピアノとして完璧にしたかったので、ありがたかった。

衣装は任せて、とユウが請け負ってくれたそれは。

——作務衣だった。

私に作務衣を着せておいて一方のユウは胸元と背中が大きく開いた赤と黒のヒョウ柄のカクテルドレスを着ている。鈴木さんはタキシードだ。

「任せた私も悪かったけどさ、何考えて、作務衣なわけ？　しかもこれ、ユニクロでしょ」

「職人でしょ！　漆塗がドレスだの振袖だの着て仕事するもんですか！　それに衣装がどうのこうの文句つけるんなら、その頭なんとかしなさい！　今すぐ毛ぇ生やしたらこっちも考えてあげるわっ」

「……」

巨大なホールに、正装した人々が集まっている。高い丸天井から桁違いなシャンデリアが下がり、白亜の柱一本一本に見事な彫刻が施され、大理石の床はドレスの中身まで映りそうなほど磨き上げられていた。

皆、手に手にグラスを持ち、談笑していた。当たり前だが、外国人ばっかりだ。

私は藍染めの手拭いを頭に巻き、どういうつもりかと叩かれるのを覚悟して作務衣を身につけた。

舞台裏には職人たちが集まっている。背の高く大柄な木工師、厳めしい顔つきの陶芸家、ワイヤークラフト作家、つる細工作家、織物……奇抜で個性的な作品を引っ提げた作家たちでムンムンしている。

作務衣を着て、オロオロしている豆のような私を、ベッドマットのような胸板をした作家が指して「おーサムライ」と茶化した。サムライはサムエじゃねえよと突っ込みつつも「さんきゅー」と返した。ドール作家の美女には「ハットリクン」と呼ばれ、レザークラフトの兄ちゃんには「スキヤキ」と握手を求められた。もはや生き物ですらない。


司会者が会場に向かって大きく手を振りながら舞台中央へ上がった。ノミネートされた全員が、順に舞台上で作品をお披露目する。その後で審査結果が公表され、引き続き表彰式となるらしい。初め、舞台には何もなく、名前を呼ばれた作家が出ていくと、作品が下から現れるという方式だ。

向けられたマイクに堂々とした様子でコメントし、拍手や指笛で迎えてくれた会場に笑顔を振りまき、ウィンクまでする彼らが、私と同じ人間とは思えなかった。

また誰かが呼ばれた。しかし誰も出ていかない。周りはキョロキョロしている。

「サムライ」

ベッドマットが私をつついた。がっちりした顎で舞台を指す。司会者がこちらを見て待っている。急に動悸が激しくなってきた。

「おねえー」

私を呼ぶ太い声が響いた。

司会者もマスコミやゲストたちも、声のした会場の片隅へ視線を奪われ、そこに、手を振っているニューハーフのヒョウを見た。

司会者が何か言い、首をすくめると、会場にくすくすと笑いが起こった。会場の雰囲気が和むと、再び司会者がマイクを持ち直した。

「ミヤコ・アオキー」

背中をベッドマットにどつかれた。私はつんのめるようにして舞台中央へ出た。

太陽が上からも下からもいっぺんに何十個も出たようなライトとカメラのフラッシュが眩しくて、まともに目を開けていられない。

ウィンチの音がして、ピアノがせり上がってきた。漆黒の本体が照らされるとねぶたが浮かび上がる。鋭い光の束は吸収され、その懐に丸めこまれると再び会場に柔らかく放たれていく。

立ち上げられたふたの裏の錦塗は、黒との対比で恐ろしく映えた。

そして私は息をのんだ。ピアノがガーベラを主とした花畑の中に置かれていたのだ。

会場へ視線を巡らした。

シャンデリアの光がギリギリ届く壁際で、したり顔のユウと鈴木さんが胸の前で手を振っている。私は思わず笑顔になり、今すぐにでも駆け寄りたくなった。

司会者がエントリー用紙とノミネート用紙を手に、作品概要を読み上げていく。

今回の募集テーマと条件は「創造性があり素材および技術が的確なもの。時代のニーズに応え、提案性のあるもの。安全性・使用環境への配慮がなされているもの。未発表の作品であること」だった。それに自分の作品が沿っているのか、ここに至って不安になってくる。

会場内の人たちがこちらに視線を当てたまま、指を差したり、ひそひそとやり取りをするのがはっきり見え、なんだか批判されているようで惨めな気持ちになってきた。


司会者が私に微笑みかけ、右手のひらで優雅にピアノを指した。

私は引きつりながらもなんとか笑みを返した。

彼はさらに軽く頷きピアノを指す。

私はさらに取り繕った笑みを返す。

彼は片方の眉を上げ、ピアノを指し続ける。

私は泣き笑いを返す。

どうしろと言っているのか、薄々感づいてはいた。

司会者が右手の親指から小指にかけて滑らかに動かした。

やはりそうであったか。弾け、と仰っておいでだ。

無茶だ。

「何をご乱心」

司会者は私の言うことがてんでわかりません、とばかりに首をすくめ、手のひらを上に向けた。

私も首をすくめて見せた。

司会者は何が何でもピアノを指す。

ここで断れるような人間ならサムライにでも忍者にでもなれていただろう。

私はハウスと命じられた犬のようにすごすごとピアノへ向かった。

ガーベラの香りに包まれる。

花言葉は神秘・冒険心・我慢強さ。

鈴木さんの顔が浮かんだ。

革張りの椅子に浅く腰掛けると、鍵盤のふたに手を置いた。手のひらにしっとりと吸い付いてくる。

そのまま持ち上げ、ワイン色のベルベットカバーを取り去る。

上塗をした譜面台に私が映っている。

漆の神秘を知った。ピアノに塗るという冒険をした。我慢強く粘り強く取り組んできた。

もう曇ってはいなかった。鏡面はとろみのある深い艶を発し、そこには私の過去が映っていた。


間違いじゃなかった。そう確信した。

私がしてきたことや、起こった出来事は無駄でも失敗でもなく、それは必要だったことなのだ。それで「よかった」んだ。

象牙色の鍵盤に手をのせた。

ピアノの向こうに、背を丸め漆を塗る父の姿がある。弁当を作る母の姿がある。

——私が唯一弾けるもの。

舞台下ではユウが親指を立てて力強く微笑み、鈴木さんが音をたてないように拍手をしている。

——「さくらさくら」だ。

自分のピアノを弾ける日が来るとは思ってもみなかった。

弾いているうちに、ここがコンクールの場であることとか審査の最中であることとかは、頭から消えていた。

弾き終わるとざわざわしていた会場が、水を打ったように静まり返っているのに気が付いた。

多くの目が私に集中している。畳鰯《たたみいわし》を彷彿とさせられた。

まずい。これは国際的な場を幼稚な演奏で冒涜《ぼうとく》したとして罵倒される前兆なのではないか？　専門用語で嵐の前の静けさというやつなのではないか？

あまりの恐ろしさに、許されるなら卒倒したかった。洩らすかもしれない、と思った。

ユウと鈴木さんに見守られていることすら忘れた。

もういいですから、もう帰りますから。なんか、勘違いしちゃって場違いなところに出てきて申し訳ありません、と頭の中で繰り返した。

誰かが何かを叫んだ。どこの言葉かわからなかった。

何かが爆発した。音波が体を揺さぶった。

私は思わずしゃがんだ。体を抱き、できる限り小さくなった。

足音が駆け上がってきた。巨大な赤いラメのヒールがそばに立つと、私は彼女にすくい上げられ立たされた。

「おねえ、何怖がってんの、あんたは称《たた》えられてんのよ！」

ユウだった。

「た、たたえ、たたえられ、たたみいわし……？」

「ほら、みんなの方を向いてあげて。ちゃんと顔を見せてあげて」

舞台のエッジまで押し出された。

人々はグラスをテーブルに置き、手を高く掲げて打っていた。

爆発音が、拍手だとわかった。

ブラボー、と聞こえた。

ファンタスティック、と聞こえた。指笛が耳をつんざいた。

私はぽかん、と口を開けていたかもしれない。蟹股のへっぴり腰だったかもしれない。

それでも司会者は嘲笑することなく柔和な笑みでマイクを向けてきた。

コメントだってよ、とユウが耳打ちした。

私はユウを見て、司会者を見て、マイクを見下ろした。ごくり、とつばを飲み込む。大きく息を吸った。

「こ、こここのたびわああ……」

素っ頓狂な声は裏返り、マイクがハウリングを起こした。ユウは動じず、司会者からマイクを奪った。

「ディスイズ《これが》・ジャパン《漆の》・ディグニティ！《気高さよ！》」

大柄なユウが声を張り、気持ちよく左手を突き上げると、重量感のある歓声と拍手が巻き起こった。なにがなんだかわからなかった。

ただ、そこにいた人たちは皆が笑顔だった。

ああ、私はここでは批判されていないんだ、と思った。

怒られちゃいないんだ、責められてもいないんだ。私はここにいていいんだ、あの人たちは、笑顔を向けてくれているんだから。

結局のところ、私は受賞できなかった。一番がっかりしていたのはユウだ。私と鈴木さんは、肩を落として眉間に指を三本押し当てうなり声を上げている大型のヒョウを真剣に慰めねばならなかった。

「ユウ、元気出しなよ。ここまで来れただけで私は充分だよ」

「おだまり！　こんなところで終わってたまるもんですか。見てらっしゃい」

ユウはマスカラでドロドロの顔を自覚しないまま、誰彼構わず駆け寄り、話しかけ名刺を押しつけて回った。ヒョウとパンダが混じったような、珍妙で迫力ある生きものに迫られて、分別を弁《わきま》えた人々にとっては誠に災難であった。

何の賞も得られず、父になんと申し開きをしようかと悩みながら飛行機に乗って、電車を降りて、バスに揺られて一人、てくてくと歩いて帰ってきた。母屋に父の姿はなかった。工房に顔を出すと、父は十年一日のごとく床を磨いていた。

注文もなく、用を為さなくなった工房は、ただひたすら寂々《じゃくじゃく》としていた。

「ただいま」

父は手元に視線を落としたまま、

「おう」

と言った。

私は戸口に佇んで深呼吸し、漆のにおいで胸をいっぱいにした。

その日の夕飯は、私の留守中に食べていたというカップ麺だった。玄米を一から炊き上げる気力と体力はなかった。

「たまに食べるとおいしいね」

父が頷く。オランダ土産のミッフィークッキーを、甘いねぇとか、さくさくだねぇなどと言いながら五枚食べ、九時前に寝た。

電話の音に飛び起きたのは、帰国してから一週間後の午前一時のことだった。目を擦《こす》りながら半死半生《はんしはんしょう》で電話に出た。私は、脳漿《のうしょう》を引っかき回すユウの声に眉根を寄せた。

「おねえ、ユーチューブ見た!?」

「あのさ、ユウ、今何時だと」

「ユーチューブ！　すっごいことになってるわよ！」

「あのさ、ユウ、ほんとに今何時」

「あの美術展のときの『さくらさくら』がアップされてんの。とてつもないアクセス数よ」

私は一発あくびを放った。

「ゆうちゅうぶがどうしたって？　私の携帯じゃ見らんないよ。でさ、今何時」

「あのピアノはどうしたの？」

「被災地の小学校にもらってもらうことにした」

「はあ!?」

ユウの悲鳴に、私は電話を耳から離した。

「なんってことしてんのよッ」

「もしかしたら、好きな子に近づきたくて練習したい子もいるかもしれないから」

「あげるピアノだったらほかにあるでしょ！」

「ないよ。第一、あんな馬鹿でかいモノ家に置いとく場所ないし」

「そういう問題じゃぁないのよ。あのピアノの問い合わせで電話が鳴りっぱなしなの。どういうことかわかって!?」

私は頭を掻いた。ちくちくしている。

「あ、そう。こっちは何にも変わらないよ。電話も、壊れているんじゃないかって心配になるぐらい鳴らないし、注文票はあっぱれなほど真っ白。バイト探さなきゃ。坊主でも雇ってくれるような所で、レジ以外」

「今のうちにせいぜい休んどくことね。いいからユーチューブをご覧なさい」

「今ぁ？」

「今でしょ！」

私は顔をしかめて電話を耳に当てたまま、のろのろとパソコンを立ち上げてネットに繋いだ。

検索バーにユウが指示する通り「tsugarunuri arts crafts the Netherlands」と人差し指でゆっっっくり入力していくのを、待ちきれないユウは、

「まだあ？　なにやってんのよ。年が明けるわよ。もしかして寝た？」

などと血も涙もなく急かしてくる。

やっと入力し終わって、検索マークをクリックした。

「はいはい、お待たせしました」

「居酒屋かっ」

検索結果が表示された。ヒットしたものは当然ながら「あのさ、全部英語なんですが」。

「どれでもいいからクリックしてごらん」

「はいはい」

こうやって振り込め詐欺は成立してしまうんだろうな、とぼんやりしたままクリックした。

開かれた動画を目の当たりにした私は携帯を落とした。

ぽかんと口が開いた。

そこには私が映っていた。舞台で「さくらさくら」を弾いている。画像は鮮明で、おそら

くあの場にいたマスコミか関係者がカメラで撮ったものだろう。

「再生回数が百万超えてるのよっ」

携帯を拾い上げる。

「え？……ああ、ほんとだ……」

「ちょっとぉ、そんな気の抜けた調子でどうするのよ。百万よ百万。これってアンタ、『パンサーのおもしろ動画集』を超えてるのよっ」

「……それってすごいの？」

なしてヒョウと比べるかな。

同じような画像が右側に候補としていくつもアップされていた。

「ブログ作るわよ」

「ぶろぐ？」キョトンとした。

「誰が？」

「アタシが作ったげるわ」

「あんたの？」

「正気？　起きてる？　アタシのブログ作ってどうすんのよ、おねえのに決まってるでしょ。作品ができたらデジカメで撮ってアタシに送りなさい」

私はユーチューブを見つめ、つばを飲んだ。

「ねえ、日本語じゃないからコメントが何言ってってかわかんないよ」

「先に世界に出ちゃったたってわけ。じゃんじゃん作ってよ。会場で名刺バラまいててよかったわ。もうすでに注文がいくつも入ってってんのよ」

ガサガサと紙をめくる音がする。

「オランダの木工屋が、子ども用おもちゃを作ってる企業なんだけど、コラボしたいって言ってきてるの。それから、こっちはフランス。料理の器に使いたいんですって。イギリスのホテルチェーンが花瓶を欲しいそうよ。エントランスの大理石の上にどーんとでかいの一発お望みですって。みんな価格なんて問い合わせないんだから。とにかくおねえが作ったものを手に入れたいらしいの。待たせちゃ悪いから早く作ってね」

ほかの動画をクリックする。

「私って、こういう横顔だったんだ。背中、丸いなあ」

背筋を伸ばしてみた。胸が広がってすっと息が楽になった。

「ブログのタイトルどうしようか。『みやこの部屋』とか『みやこの花園』みたいな」

「なにが『みたいな』よ」

「おねえの毎日と作品でいっぱいにしましょう」

鼻息の荒いユウに私は静かに言った。

「急がないよ」

「は？」

「急がないよ。私は漆に合わせることしかできない。それだけ。急がないし、わざとダラダラもしない。すべて漆が決めるんだから」

束の間、電話の向こうが静まった。風車の向こうに落ちていく夕日の音すら聞こえてきそうだった。

ユウがため息で笑った。呆れたのか、バカにしたのか、それとも。

納得したのか。

「ねえ、ユウ。それよりあんたは大丈夫？」

「は？」

「うまくやってるの？」

ユウはまたため息で笑った。たぶん、肩をすくめていると思う。

「まーった、おねえはさ。人の心配してる場合じゃないのよ。わかって？　ここが正念場なのよ、自分のこと一番に考えるべき時なのよ」

「ご飯ちゃんと食べてる？」

「食べてるわよ。アタシこー見えて料理は上手いんだから」

「知ってる」

「それにしてもおねえ、落ち着いてるわね」

「うーん、なんか頭の中がホワホワしててよくわかんないんだよね、正直」

「おねえはいつだって頭の中がホワホワしてるんでしょうけど」

どんどん増えていくコメントを眺める。この数だけ津軽塗を知ってくれる人がいるということだ。

恐怖に近い高揚感で、手の先が冷たくなる。

「ユウ、今なんか言った？」

二、三日してユウからブログを開設したというメールがあった。ブログ名はユウ命名の「ジャパン・ディグニティ」。
見てみると、最初に「漆は海外ではジャパンと呼ばれています。うるしの語源は『うるわし』です」と出てきて、「え、そーだったの」と、とりあえず感心した。

紋紗柄の背景に鮮やかなガーベラが散っていて、ユウの趣味が多分に盛り込まれている。

メールに指示が書き添えられていたので、父にブログ「ジャパン・ディグニティ」を見せて、

「ここに、おっとうの写真をアップしたいんだけど」と画面を指すと、「わは、いい」と拒否した。

「そんなこと言わないでさ。作業風景を載せたほうがお客さんもわかりやすいし、安心するでしょ」

「いや、わはいいんだ。写真撮られれんば寿命が三年縮まるはで」

真顔だったよ、とユウに報告すると、

「だから初めから言ってるでしょう。おねえの写真を載せましょって。むっさいおっさんを載せて、どこが面白いのよ。オシャレじゃないでしょ」

「坊主の女だって似たようなもんでしょ」

「パパに写してもらって」

「嫌だよ」

「どうしてよ」

「――寿命が三年縮まる」

「――――」

バカ言ってんじゃないのよっ。もうユーチューブで流れてんのよ、カビの生えた感覚なんてドブに叩っ捨てておしまい！　いい？　これはチャンスなのよ。チャンスはタイミングなのよ。一瞬しかないの。掴み損ねるわけにいかないのよ。今回のことはおねえだけで終わんないの。塗りの世界に影響を与えてるんだからそこんとこ自覚なさい。腰が引けたらだめ。前に出すの、こうよ、こうっ。

電話の向こうで繰り返し腰を前に突き出すユウが見える。

私はまぶたをもんで、天井に向かってため息をつき。

——笑った。

それから間もなくしてユウからメールで注文が届き始めた。海外のお客さんからで、什器のほか、包丁の柄や柱時計、ベッドなども多かった。

一つの注文の一工程をデジカメで撮ってユウに送り、ユウはブログにアップした。注文したお客さんには好評だ。どこの国でも、きちんと丁寧に作られていくものは、嫌われることがないんだと気づいた。コメントも投稿され、私には読めなかったが、ユウがマネージャーとして一件一件に答えていた。サイト訪問件数が一日で千を超えた、五千来た、などとデイトレ並に数字に喜ぶメールが来る。絵文字が両手を挙げているので「お手上げ?」と返信したら、速攻で「バンザイ」と返ってきて、それは一切の絵文字もなくて、ちょっとびびった。

六月に入り、漆の機嫌も良い。梅雨の晴れ間、一週間分の食料を求めてスーパーへ行った。レジに並ぶと、腰にカートをぶつけられた。振り返ると、ドラえもんのような体型をしたおばさんだった。

あ、私このおばさん、見たことある。

胸がずん、と重たくなった。

ドラえもんは私の顔から視線を逸らして、カートをぐいぐい押してくる。

私は背筋を伸ばして胸を張り、深く息を吸い込んだ。

「もしよかったらお先にどうぞ」

目を細めて手のひらを返すと、彼女は目尻が裂けんばかりに見開いて初めて私を見た。白目が黄色く濁り、血走っている。

列から抜けようとしている私を胡散臭そうに眺めて、余計にむっとした顔でカートを前に進めた。私は最後尾に並んだ。ドラえもんはさらに、前の若い女性にカートをぶつけていた。

「必死のドラえもん」と思ったら噴き出さずにいられなかった。ぶつけられた女性が振り返って強い口調で抗議すると、ドラえもんは顔を背け聞こえないフリをした。私はその様子に肩に口を押し付けてさらに笑った。

「あの」

横から声を掛けられ、私は顔を上げた。知らない男性が私の顔を覗き込むようにしている。

慌てて笑いを引っ込めた。

「もしかして、津軽塗の方じゃありませんか？」

「……はい、塗っておりますが」

男性は破顔した。

「ああ、見ましたよ、ユーチューブ！　素晴らしいです。ぼくブログやってるんですが、紹介させてもらいましたよ。同じ町内にこんなすごい人がいるんだって」

持っていた弁当とペットボトルのお茶をレジ前の棚にのせて、両手を差し出してくる。

「あ、ど、どうもありがとうございます……」

周りのお客さんが振り返ったり、立ち止まったりしてこっちに注目する。恥ずかしさに顔が真っ赤になった。

男性は私の手を取って上下に大きく振って褒め称えてくれたが、私はなんだか決まりが悪くてほとんど上の空だった。


家に帰ると、縁側に吉田のばっちゃと瀬戸さんが並んで腰掛けていた。仲良く足をぶらぶらさせている様子は姉妹のよう。

庭に入ってきた私に気づいた二人が同時に右手を挙げた。

「おかえりあんせ」

「ただいま」

「お邪魔してます。買い物であんしたが?」

瀬戸さんが軽く会釈をする。

「はい」

私は買い物袋を持ち上げて見せた。

「ポイントばちゃんともらったど?」

吉田のばっちゃはポイントの鬼だ。

「はい」

私はしゃっちょこばって見せる。

瀬戸さんは買い物のついでと言って時々遊びに来るのだ。お爺ちゃんは、必ず命の入れ物を懐に忍ばせてショートステイに行くという。

「きれいに直ったお椀に、あずましぐなる《心地よくなる》よんて、顔つぎも穏やがになってきたんです。センターでみんなさ見へびらがしてるようですよ。かしたら《壊したら》どやすっきゃ、ってあんつこ《心配》どしております」

心配してると言うわりに、にこにこと幸せそうだ。

二人の間には大鉢と菓子鉢が並び、それぞれに大根を麹で漬けたガックラ漬けや、干しもちを揚げたものをてんこ盛りにしている。吉田のばっちゃの手作りだ。

「美也子ちゃんもこれ、け。吉田さんがこさえだものは、はあ、なんでもめもんです」

瀬戸さんがいい音をさせて食べる。

「買えば早んどもせ、やっぱり作ってまるんだ」

「だあだあ、買ったのはまいね《よくない》です。甘くていぇ。何ぁ入ってんだが埒ねしの。やっぱり自分どでこさえだもんは違るはで。こりゃどやしたらこったただにめぐなるのすか」

「なあも、特別だごどあ、ふとつもやってねよ」

「しかへでほしです」

「んだら、今度ぁおらえさ来、すぐそごだはんで」

ばっちゃが自分ちを指すと、瀬戸さんが目を輝かせて身を乗りだす。

「わいは、ありがっとう。んだば習いさ行がしてもらいます」

「ん。みっこちゃんもおんで。嫁さ行ぐどぎぁ、漬物一っつおべでれば、大概助かるもんだ」

「美也子ちゃん、でが相手っこいるんだど？」

「いいえいませんよぉ」

慌てて否定する。

「わいはっ。んだら、紹介してけねばまいねな」

「ほれ、そごの角っこの魚屋のおんちゃまぁ、どんだすか」

「ありゃまいね。店のごどぉ一っつもしねで、パチンコばしやってれ、今に竈返《かまどけぁ》す」

「へば役場さ行ってら、若ぇもん居だずべ、ありゃどんだべ」

「役場？　何課さ」

「年金課」

「ああ、いやいや。ありゃしたばって歳ぁ離れすぎでるびょん。はあ、五十だべしぃ」

「今どぎぁ、歳の差は関係ねでば」

私とは無関係に話が進んでいくのが、どこか微笑ましい。

日がぽかぽか差すここで、終わりのない会話は心地がいい。


雨だれの音で目が覚めた。雨の日は漆が落ち着いていて、時間も私の気持ちも、より、ゆったりする。

土鍋を火にかけておいて、庭からシソを摘んでくるとみじん切りにし、拍子木切りにした大根と塩で揉みこむ。鮎《あゆ》四尾に塩を振って焼いているうちに、卵を溶いて、桜えびを二つまみ振り、のりを巻き込んだたまご焼きを作る。

大体が、朝飯と昼飯のメニューは同じだ。場合によっては夜も同じになる。同じでいい、と思っているので、そう苦にならない。でも今日は吉田のばっちゃからのいただきものの茹でフキがあったので、豚肉と炒め合わせた。それと、ほうれん草とシーチキンを出汁《だし》醤油と和えたものを夕飯のおかずにする。

弁当に詰めた残りのたまご焼きをつまんだ。

首を傾げる。やっぱりおっかあのとはどこか違う。

雨の日でも、朝六時になると防災無線からラジオ体操が流れてくる。正月だろうが、大雪だろうが関係なく流れる。


外に出て庇の下で、音楽に合わせて深呼吸を始めたときだ。

門の前に車が止まる音がした。

私は両足を曲げ、両腕を開きかけた格好で振り向き、そのまま固まった。

白いプリウスの助手席から女性が降りてきた。

傘を差した、母だった。目が合った。

母は助手席の窓を覗き込んで運転席に向かって何かを言った。運転席のドアが開き、見覚えのある男性が降り立った。私に向かって遠慮がちに会釈をする。私も会釈を返した。その間に母がそばに来ていた。

「おはよう」

母がはにかんだ。

「……お、おはよう……」

一方、私のほうはすぐに反応できず、一瞬の間があいてしまった。母の顔に瞬時に不安の色が走った。

私は狼狽えたのを誤魔化すようにえへへ、と笑ってみた。母も身の置き所がないといった感じで、手を組み合わせたり解《ほぐ》したり落ち着かない。

「みっこの作品、あちこちで見るよ。こないだも、そごのスーパーさ特設組んで並んでらったし、ホテルだの旅館だの、ほれ、式場だので見るびょん。あれぇ、こりゃみっこのだばあ、ってわいはおったまげるんだ」

ホテルだの、旅館だの、式場……。

「ああ、ありがたいことにね……ユーチューブで見たとかで、仕事をいただけるようになって」

「ユーチューブが。わはまだ見でねな」

私は肩をすくめて、口角を引き上げようとした。

自然な笑みというのはなんと難しいものか。

「スーパーは、前に物産展をやったときに、ストラップを注文してくれた人の口利きで。その女の人が物産展で一番最初のお客さんだったの」

この間、その特設展示場の打ち合わせに行ったら、店長に「これ、青木さんの作品なんですよね」と携帯を見せられた。ぶら下がっていたのはペアで注文を受けていたガーベラの紋紗塗だった。

「ホレ、テレビでみっこのピアノば見だよ。毎日、見物客が押し寄せで、復興に一役買ってるってね」

被災地に送ったピアノは思いがけず役に立ってくれたらしい。

「ユウは？　帰ってきたりするんだが？」

「いや、あんまり……でも、電話はしょっちゅう来る。向こうでよくやってるみたい」

「ああ、そうなの、元気だばそれでい」

母は安心したように頷いた。それから何かを尋ねた。

「え？　なんて言ったの？」

聞き返すと、母は工房のほうへちらりと視線をやった。私はピンときて頷いた。

「おっとうも元気だよ。忙しくなったら元気になった」

顔色もいいし、肌艶もよく、よく動くようになった。

「この間ね、オランダのテレビ局が取材で来たんだ」

母が目を丸くした。「おらんだどっ？」

「うん、ユウが仲立ちしてくれて。なんでも今オランダじゃあ『お弁当』ブームらしいんだ。日本の弁当が珍しくてかわいいんだって。ちまちまいろんな種類を詰めたのが、オランダにはなぐて、栄養バランスもいいからって、んで、塗りの弁当箱とか、曲げわっぱの弁当箱とかが売れてて。それでね」

父の様子を思い出して笑った。

「作業風景を撮る間、おっとうってばほとんど動かなかった。石膏像みたいに顔面蒼白がっちり固まって、インタビューのお姉さんに『そのお腹の巻物はなんですか』って質問されても反応しないから、私が『腹巻です』ってお腹の冷えを予防するのと、財布をしまっとくためのものですって説明しなきゃなんなかったの。ステテコもこの調子で説明しなきゃなんないのがなあって思ったら、そっちは知ってたんだよねー。しばらく腹巻とステテコの話をしてだ」

「ありゃあ、おどはまともな服、着てねがったのが、恥さらし」

真面目な母は口を手で覆い、渋い顔をした。

「うちの取材が終わったらリンゴの取材だって。オランダのレストランでも県産リンゴが使われるようになって、塗りの器が引き立ててぐれるらしいんだ。黒石《くろいし》のこけしとかブナコ、秋田の曲げわっぱとのコラボも人気だよ。津軽の次に、秋田の曲げわっぱの取材するって楽しそうだった。町の人からも声掛けてもらえるようになったし、ブログにもたくさんの人からコメントもらえるんだよ。こういう作品があったらいいな、とがこういうの欲しいっていうリクエストとが。私が思いつかない素材とかデザインを提示してぐるから刺激的で面白い。それから漆についての質問も結構ある。一般の人だけじゃなくて、学校とか木工の業者さんとかからも。興味を持ってくれるのは、いやあ、嬉しいもんだね」

母には教える必要はないが、やっぱり中傷や批判もある。覚悟していたからなのかどうかわからないが、そう凹まない自分が不思議だった。ユウも「有名税だからありがたいことよ」と高笑いしてたし。

木地師の佐々木さんは引退を撤回した。息子さんが学びたいと乗り出したと、佐々木さんは機嫌よく眉を上下させ、帽子を得意げに直していた。

「もっと広く知ってもらいだいがら展示即売会とか、積極的に参加してるんだ。海外の注文はユウがホームページで受け付けでるし、国内のはファックスでも受け付けでるんだけど、出てくる紙の白さにおっとうがびっくりしてた。『この紙ぁ、こっただに白がったのがあっ』てさ。今までどんだけ日に焼けてたんだって話だよね。紙の補充の仕方忘れちゃってて、電器屋さん呼んでやっでもらっだぐらいだよ」

母は眩しそうに目を細めて私を見た。

「なんだが……変わったなあ」

「え？」

喋りすぎたか、とドキッとした。

「堂々としてら。……前はオロオロしてらった。見ででおっかねぐなるくらい、美也子はオロオロしてらった……。それが今じゃ……うん……いがったなあ。がんばったなあ」

声が震え、母の目に涙が浮かんだ。

私ががんばった？　……なんにもがんばっちゃいないよ。ただただ好きなことに夢中になってただけだ。

ラジオ体操の曲が終わった。枝に止まって雨宿りしているスズメがピチチッと囀ると、枝が震え、大粒の雫が降った。

「あのな、わ、この人ど一緒になるごどになったはで」

母が思い切ったように口を開いた。体をずらして背後の男性を紹介する。

男性が背筋を伸ばしてお辞儀をした。柔和な笑顔に人柄が偲ばれる。

とってつけたような笑みじゃなかった。何十年と積み重なってきた篤《あつ》い笑みだった。

「……母を、よろしくお願いします」

私も頭を下げた。すんなり言葉が出たのは、あの日、母の実家で二人を目撃していたからだ。

「籍は、入れたの？」

「まンだ」

私の肩がストンと落ちた。

「弁当箱、ありがっとう。この人さ毎朝こしらえでけでんで」

「毎日持って行ってます。中身がべたべたにならないし、ご飯はふっくらしたままでおいしいです」

私は彼に笑顔で頷き返した。ちゃんと笑えてるだろうか。

「母のたまご焼きが、世の中で一番おいしいですよ」

「そうですよね。わたしも大好きなんです」

自分が褒められたかのように男性は胸を張った。母がくすぐったそうに身をすくめた。

「あ、そうだ。ちょっと待ってて」

二人をそのままにして、玄関先へ向かった。

今が盛りと咲き誇っている鉢植えを抱えて戻ると母へ差し出した。

「これ、あげる」

「え？　これガーベラでねえが」

「そう」

いやあ、きれーだごどぉ、と母は目を細めた。

「おめ、花なんちゃ育てるの趣味だったど？」

「趣味ってわけじゃないけど。……花言葉って知ってる？」

母は首を傾げ、男性に問いかける視線を送った。男性が眉を上げ、首を振る。母が私に顔を戻し、身を乗り出した。

「わがんねなあ。花言葉ってなんだあ？」

私は答えようとして気が変わった。「なんだったっけ。忘れた」

「なあんど。おめはいっつもどっか抜けでらんだがら」

「後で調べよう。こんなにきれいなんだ、きっといい言葉だよ」

彼が母に言った。私に気を遣っているのがわかった。

『神秘・冒険心・我慢強さ』

もしかして、結婚ってそういうもの？　それから仕事も、人生も、オカマの弟のことも、土鍋で玄米を炊くことも、花屋で花を選んで育てることも。

『神秘・冒険心・我慢強さ』

雨が弱まった早朝の道を二人を乗せたプリウスが遠ざかる。T字路で音もなくウィンカーが点滅し、左に折れた。

自信を持てる日が私に来るんだろうか、と思っていた。

大きく息を吸う。

両足を曲げ、腰を落としながら両手を広げる。ぐらつかずに立ち上がれた。

「あ、できた」

ラジオ体操の歌を小さく口ずさみながら、腕を振って体を捩じる。大きく回す。オエッ目が回る。

顔に淡い太陽の光を受け、深呼吸を繰り返す。

工房の戸を引くと、父はこちらに背を向けて座禅を組んでいた。塵一つ落ちていない黒光りする床。壁に沿って椀や指物で埋まった棚が設《しつら》えてあり、漆を精製するための電熱器が赤く灯っている。棚には今日使う分の漆の缶や樽がずらりと並んで出番を待っていた。

父はウィンドブレーカーを着ていた。私も合羽を羽織って、父から少し離れたところで座禅を組んだ。まぶたをそっと下ろす。

雨音が小さくなっていく。スズメが庭に下りてきた。頬に日の暖かさを感じる。きっと空からは、天使の梯子が下りているはずだ。

今日は上塗の日だ。

午後に届いたその手紙にはオランダの消印がでん、とスタンプされていた。茶の間では父が足の裏の皮を剥くのに夢中になっている。前回の失敗で学んだらしく、赤チンを座卓にバッチリ用意していた。もういつ深くむしってしまっても大丈夫だ、どんとこいってなもんだ。その前に座って、なんか面倒くさいこと書かれてたら嫌だな、と思いながら封を切る。

印刷された文字が並んでいた。


拝啓　Dear Ms.Miyako AOKI　こんにちは。

私は事務局だ。日本語が少し、可能な人に教えてもらつて書いている。変だつたたらごめんなさい。

あなたの仕事は非常に素晴らしかつた。また、それが印象づけられた。

ステージのライトの中にピアノが現れたとき、それは我々を身震いさせた。

What is that? Amazing! Crazy!

の絶叫を聞いたか？　賞賛と拍手を聞いたか？

それはあなたに対する大きな激励だ。

神秘的な塗りによつて、自国への愛、モチーフとしてのNeputaからはホームタウンの伝統愛に胸を攻撃された。まさにJAPAN！

それはグランプリと等しいが、グランプリ作品は環境への強いメッセージがあつた。グラスの透明度およびファンタジーの〈The blue earth in the universe〉のdynamicがより優れていたために、あなたの作品は、非常に残念ながら下へ沈んだ。


しかしながらあなたの作品は素晴らしいのに違いはありません。


あなたの黒は我々を魅了した。多くの労力と情熱が集まり、研ぎ澄み、実行された。日本人の色彩感覚の敏感、鋭い、器用に驚きを隠すことができません。

黒が光を発するということ、その神々しさに私たちは精神をうばわれた。極めてセクシーでクリーミーな光沢の中で魅せられ飲まれてしまつた。

これが時間と努力を、辛抱強く重ね相続してきた伝統の光なのか。

あなたのお父さんがコーチ・監督だと聞いた。素晴らしい連係プレー。今度はあなたのお父さんにもお会いしたい。連れて来ればよい。

魂を注ぎ込んだつやはこれからもいつまで残っていくことでしょう。これは世界を日本が圧倒するタイミングだ。

もう一回。

Miyakoとあなたのお父さんに賞賛と拍手を！

二年後のコンテストに来い、必ず。

私は待っている。

World Arts and Crafts Exhibition
Netherlands Secretariat

了

【参考文献】

『津軽塗』佐藤武司・著 津軽書房
『津軽塗の話』佐藤武司+佐藤誠・著　津軽書房
『漆職人歳時記〔復刻新装版〕版』山岸寿治・著　雄山閣出版
『永六輔・職人と語る SERAI BOOKS』永六輔・著　小学館
『失われた手仕事の思想』塩野米松・著　草思社
『手のひらの仕事　岩手・秋田・青森 匠の技を伝える逸品』奥山淳志・写真と文　岩手日報社・著　弘前大学出版会
『職人ことばの「技と粋」』小関智弘・著　東京書籍
『みちのく職人衆　野添憲治著作集［第I期］みちのく・民の語り2』野添憲治・著　社会評論社
『伝統工芸にたずさわる仕事2　マンガ　知りたい！なりたい！職業ガイド』ほるぷ出版
『心がぽかぽかするニュース　ＨＡＰＰＹ　ＮＥＷＳ２００８』日本新聞協会・編　文藝春秋

『ものづくりに生きる人々　旧城下町・弘前の職人』弘大ブックレットNo.7杉山祐子、山口恵子・編　弘前大学出版会
『漆のお話　21世紀を支える夢の物質』熊野谿従・著　文芸社

あとがき

初めて津軽塗の漆器を見たとき、ゾッとしました。こっちを目で追われている気がしたのです。禍々しいといえるほどの柄のせいなのか、幾度も幾度も塗り重ねられる手間と時間が醸し出す迫力のせいなのか。腕の鳥肌をさすりました。

背中が凝ってきて、自分が前のめりになって見入っていたことに気づきました。

触ってみると心地よく、健やかな肌のようです。お椀は真ん丸くて、手のひらに納まるべくして納まったといわんばかりにぴったりとはまってきます。

まさに人の手で作られてきたものなんですよね。

簡単にできたものは雑に扱ってしまうけれど、根性のこもった品は両手で持ってみたり、音をさせずに置いたりする自分がいます。

丁寧に作られたものを、手入れをしながら使い続けるということ、ともに生きていくということは、物や時間、空間、人にきちんと向き合いながら暮らしていくという地に足の着いた生活を象徴しているように思えました。

私は家事が苦手です。なんにもできないと謙遜しながら、なんでもこなせる方が世の中には多くいらっしゃいますが、私は本気でなんにもできません。土鍋でご飯を炊くとか、たまご焼きを焼くとか、まったくできません。炊飯器で炊いたご飯すら、もろもろとしたり、べちゃべちゃになったりして、どうすれば全自動の炊飯器に預けておいてこんなにまずいものが作れるのかと、己の才能にびっくりします。たまご焼きに至ってはかなり立派な炭を作れます。このような状態を専門用語で面汚しと言うそうです。

この作品を書くに当たって菊の茹で方とか、カビのやっつけ方などを学びながら、自分のこれまでの時間と残された時間というものを考えさせられました。ゆったり構えたら、命が延びるような気がしました。

生きるということは、面倒くさいこと——靴底のガムを剝がしたりとか、洗濯物にまとわりついたティッシュを取ったり、ジャガイモの芽をほじくったり——の連続だと泣きたくなる日も、このくらいの面倒事は面白いのかな、と思えるようになりました。相当な面倒事だとケツをまくって逃げますが。

今までも相当のろいと自覚はしていたのですが、さらにもう一息速度を落として、丁寧に、それまで気にも留めなかったことを見つめ直して生活していったら、私の性質上もっと心地いい毎日が送れるんじゃないかなと思いました。

最後になりましたが、お忙しい中、取材を快諾してくださった津軽塗職人の松山継道様、松山昇司様、JR東日本の藤間勉様、阿部ピアノ工房様に心から感謝申し上げます。また、口絵用に津軽塗の素晴らしい写真をご提供いただきました青森県地域産業課の石塚清則様、山崎杏由様、本当にありがとうございました。とみこはん様、キュートで素敵な装画をありがとうございます。ベターデイズ様、華やかな中に力強さを感じられるデザインをありがとうございます。そして、文章のいろはから丁寧に教えてくださり、「キーッ」と猿化して耳から煙を出した私を励まし、フォローし、最後まで見放さずに伴走してくださった編集の福永恵子様、本当にありがとうございました。

二〇一四年　秋

高森美由紀

【新版　特別書き下ろし】

あとは漆が上手くやってくれる

生卵の殻の先をつついて穴を開け、漆に白身を垂らし、コテでこね合わせていく。ねっとりと重たくなる。不規則な穴の開いた仕掛《しか》ベラを浸して、お椀に押しつける。ぺたぺたと押しつけていくうちに、だんだんとこの柄はこれでいいのだろうか、と迷い始めた。

手を止め、ため息をつく。

お椀を回して点検する。やっぱり違う……。イメージしていたのはこういう柄じゃない。じゃあどういう柄かと言われても、ガスがかかっているようにぼんやりして、像を結ばない。

顔を上げた。壁にかかる九月のカレンダーが目に入る。日づけの欄に品名と数字が書き込んである。

顔を伏せた。

六年前に世界美術工芸品展に出したピアノが日本でも紹介されてから、国内のコンクールでもちらほら受賞し、また注文も入るようになった。それが励みとなり、さらにいいものを作ろうと意気込んでやってきて数年――。

流れに乗って塗れた直近のものは確か、婚礼料理用の什器だったと思う。式のあとに引き出物として持ち帰ってもらうと聞いていた。漆が落ち着くのを待って手元に置いているが、そろそろ出荷できるだろう。それを仕上げたのを最後に、ここ二、三ヶ月をかけてじわじわと調子が悪くなってきた。

衝撃的な原因があったわけじゃない。

強いて挙げるなら、研ぎすぎてしまったことだろうか。そんなことは流れに乗ってやってきてから、初めてのことだった。または、お客さんに渡した際に「あ、こういう感じか……」と漏らされたことだろうか。サラッと流されたが、もしかしたら落胆したのかもしれなかった。あのあとすぐに、出荷前の器を調べた。よく見れば、注文されていた柄よりも大ぶりな気がしたし、柄と柄の間が広すぎるような気もしてきた。緑の分量が赤に対して多すぎるような気もしてくる。気になりだすと、あそこもここもと次々に気になってきた。

こんな代物じゃ、買ってくれるお客さんに申し訳ない。安い買い物じゃないのだ。完璧にしなければならない。

そうやって手を加えた。だが、加えれば加えるほど、今度は何をもって「完璧」とするのかすらも見えなくなりだした。

仕掛ベラを押しつけながら、これは本当にこれでいいのか疑問が浮かび、手が重くなってくる。なかなか進まない。進まないと焦る。焦りはさらなる疑問を呼び、手の動きはますます鈍くなる。自分の腕と完成イメージのギャップがどんどん開いていく。

ずっと、鼠色をした重たい霧にのしかかられているような気分が続いている。

朝は七時前には工房に入り、晩まで詰めている。外に出るのは品物の配達と、週に一度の食料品の買い出しだけだ。五年前に取った自動車免許のおかげでいろいろと楽になったし、外出の時間が節約でき、その分漆に触れる時間を長く取れるようになった。

ただ、今は、いくら時間を長く取っても、その恩恵にあずかれていない。

夜七時を過ぎると父が切り上げる。立ち上がって腰を逸らし、膝の曲げ伸ばしをする。私の肩も腕も背中もパンパンに張っている。けれどまだまだ続ける。ギリギリまで頑張ってこそ、よりいいものができるはずだから、この不調から脱せられるはずだから。

傍らのペットボトルから水を飲んだタイミングで、窓辺に置いていたスマホが震えた。見れば、ユウからビデオ通話が来ている。向こうは七時間遅れているから今は正午過ぎだ。

相手が誰であっても、人と話すことに億劫さを感じながら、タップして出る。

圧倒的な青空の下、日の光を反射する三角屋根が映っていた。

次に、レンガで区切った菜園が映った。雑草がほやほや生えているそこに、いろんな野菜が植わっている。画面の奥には、レンガを重ねたかまどと、その前にしゃがむ鈴木さんの後ろ姿がある。かまどでは薪が燃え、その上には取っ手とふたがついた金属のごみ箱がのっかっていた。ああやると窯のようになるのだろう。画面右手には、緑の蔦が絡まるガーデンアーチ。

にっこにこのユウが画面に映り込んできた。一ヶ月ぶりくらいのユウは変わっていない。

『やっほー。元気？　今日はエティばあば夫婦の家に来てまーす』

いい具合に古びた長い木製のテーブルを映す。小さめの青いブリキのバケツが置かれ、赤や青の花がざっくりと飾られていた。道端に生えているような素朴で控えめながら、したたかに勢力を広げていくような花だ。

花の周りに四人前のスープと料理が並んでいる。

「あ、そのカップとお皿、唐塗だね」

『そうよー。プレゼントしたの。てか、おねえは真っ先にそれに注目するのね』

カップは黄緑色の濃厚そうなスープで満たされている。お皿にはこんがり焼き目のついた大きなソーセージ。マッシュポテトと紫キャベツが添えられていた。

『エンドウ豆のスープと、スタンポットっていうお料理よ。スタンポットはソーセージがメインだと思うでしょ。違ぁうの。ポテトなのよ。刻んだケールとベーコンを交ぜて、バターとミルクとスープの素で味つけしたの』

『焼けたよー』

鈴木さんが、ピザを運んでくる。トマトやズッキーニなどの具が、とろけたチーズに半分埋もれている。チーズには焦げ目がつき、ぷくぷくと泡立っている。縁がふっくらと膨らみ、見るからにもちもちしてそうだ。

『こんにちは、美也子さん』

スマホ画面を鈴木さんが覗き込んできた。

「こんにちは。ユウがお世話になってます」

挨拶を交わしていると、掠れた女性の声が遠くから聞こえてきた。

スマホがそちらに向けられる。茶色の家から黒地に花柄のワンピースを着た真っ白い髪のおばあちゃんが、何やらホールケーキを捧げ持ってやってきた。その後ろからはキャップをかぶった背の高いおじいちゃん。トレイにチョコレート色の液体が入ったグラスを四つ載せている。アイスココアだろうか。

ユウと鈴木さんはおじいちゃんたちのそばへ行き、トレイを受け取ってテーブルに運んできた。

　こんがり焼け、シロップがたっぷりかかって艶々しているパイのホールケーキだ。

『アップルパイよ。こっちでもフジが売ってるの。エティばあばと一緒に作ったのよ』

　と、ユウが鼻を高くする。

「ユウが料理を？」

『あら、アタシだってやるわよ。コツをつかめば簡単だもの』

『普段はやらないです』

　と、鈴木さんが笑う。ユウが鈴木さんを肘でついた。

「じゃあ、普段は鈴木さんが作ってるんですか。その間ユウは何してるの」

『応援してるのよ』

「鈴木さん、ユウがとことんお世話になってます」

　いえいえ、こちらこそお世話になっております、と大人の対応をしてくれる鈴木さん。

「ごちそうだねえ。今日は何かの記念日なの？」

『エティばあばとアルベルトじいじの結婚記念パーティなの』

　ご夫妻が席に着くと、ユウが私を紹介してくれた。二人がこちらに手を振ってくれる。私もぺこりと頭を下げて、手を振り返す。

数ヶ月前、津軽塗の販売をきっかけに知り合いになったという。

「結婚記念日、おめでとうございますって何て言うの？」

ユウが言う。私はどうにか「ふ……ひぇ？　ふえ、ふぇーんでゅくしあーだ」と真似た。

夫妻は満面の笑みで、ダンキュウと答えた。アルベルトさんが何か言う。

『漆塗をやってるんだろう？　いい仕事をしてるね、ですって』

「ありがとうございます。ダンキュウ」

かろうじて話せる、数少ないオランダ語のうちの一つだ。

エティさんがユウの肩に手を置いてこっちに向かって何か言った。ユウが訳してくれる。

『あたしたちはいい友だちよ、ですって』

友だちだもんねー、とユウとエティさんは顔を見合わせる。

「へえ。それは嬉しいね。『今後ともよろしくお願いいたします』って伝えて」

ユウが伝える。

「オランダの人って、フレンドリーなんだね」

『エティたちはね。いろんな人がいるわよ』

「楽しそうでいいなあ」

ユウたちがオランダに移ってから六年。

ユウの収入源は株の売買に加えて、津軽塗を主とした日本の伝統工芸品の売買の仲立ちだ。鈴木さんは貿易系企業の花卉《かき》部門で働いている。

生活費は折半しているそうだ。物価の上がりっぷりがえぐいと、目を回して肩をすくめて見せる。

二人は二、三ヶ月前にオランダ国籍を取った。つまり日本国籍ではなくなった。

ユウからその報告を受けた時、父はしばらく無言のあと、そうか、とだけ返した。私は、私とは違う国籍になったきょうだいに複雑な感情を覚えた。物理的な距離以上に距離を感じた。「寂しい」だけで片づけられないモヤモヤとしたものが喉に張りついて、二人に伝えた「おめでとう」は、棒読みだった。

その後、弘前市でもパートナーシップ制度が始まった。その件を伝えると、ユウは、よかったじゃない、と無邪気に寿いだ。そんなユウを見て私は、当てこすりしてしまったような気分になり、婚姻と違って相続とか戸籍などへの法的な効力はないんだけどね、とつけ加えていた。

ユウはこっちの罪悪感には無頓着な様子で、じゃあ何ができるのと聞いてきた。行政の手続きがスムーズに行われたり、市のサービスが使えるようになったり、携帯の家族割とか保険の受取りとかそういうやつができるみたいだよと教えると、いいじゃない！　とさっぱりと喜んだ。その顔は、実のところ私の見たかったユウの顔じゃないと気づき、自分に嫌悪感を抱いたのだった。

ユウはマッシュポテトをフォークでもりっとすくい、口に運んで、

『コクがあっておいしい〜！』

と、テンション高く感想を述べる。似たような夜中の通販番組を見た覚えがある。

次いで、大きなソーセージにかぶりつく。パリッと音が聞こえ、澄んだ肉汁が口元からあふれた。指の腹で拭う。

エティさんが何か言った。ユウが答えてこちらに顔を向けた。

『前に送ってくれたうんぺいがおいしかったって。また送ってくれる？　食べたいそうよ』

うんぺいは津軽地方で昔からよく食べられてきたおやつで、米粉を使ったうずまき模様の甘いお餅だ。すあまっぽいが、砂糖のしゃりしゃりとした食感が残っている。形はスライスしたかまぼこに似ている。金太郎飴のように、切っても切ってもうずまき模様が現れる。

こっちにいた頃には「ダサいお菓子」と言って洟も引っ掛けなかったので、もちろんリクエストされたわけじゃなかったけど、別のリクエストの荷物に混ぜたのだった。どうしてそんなことをしたのか、自分でも覚えていない。ユウは食べただろうか。

「わかった、送るよ」

『あ、そうそう、発注リスト送っといたから。見た？　納品が渋滞してきてるわよ。漆の調子もあるでしょうけど、ガンガンさばいて売上げ伸ばさなくっちゃ』

「ああ、うん……」

手の中のお椀を見下ろす。納得のいく作品を作れないのが苦しい。

『ちょっとぉ。暗くない？』

「そんなことないよ」

『そ？　ま、年がら年中明るいなんて、まともな人間ならありえないんだけどさ。じゃあそろそろ切るわね』

ユウが四人を集めた。

『トッツィン』

四人の声が揃う。

「バイバイ」

手を振り合って通話を終えた。

やれやれ、とスマホを砥石に持ち替え、お椀と向き合う。

『トッツィン』が耳に残っている。——ユウは、「さよなら」の津軽弁を覚えているだろうか。

ふいにドアが開いた。びくりとする。父が入ってきた。いつの間に工房の前に来ていたのか、足音に気がつかなかった。

「いいどごで切り上げて、まんま、け。さきた、吉田のばっちゃがおかずば持ってきてけだ」

うん、と返事をして、私はお椀に顔を戻す。自分がぼんやりと滲んでいる。

父はあぐらをかき、壁に立てかけていた段ボール箱を組み立て始める。ガムテープで底を貼り、漆が完全に乾いたお椀や皿を半紙に包んで箱に詰めていく。調子よく塗っていた頃の結婚式用のやつだ。

箱に詰められていくお椀を眺めていると、父が呟いた。

「わんどは職人だんだ。頼まれた仕事ばきっちりやってりゃ、それでいんだ」

父が段ボール箱を抱えて出ていく。

手にしたままのお椀を見下ろす。

数日後の昼すぎ、玄関で吉田のばっちゃの声がした。

「ほーい。いだどー？」

お椀から菜種を削り取っていた私は手を止めた。父は手を止めずに削り続けている。

人に会いたくない気分を引きずって、玄関へ向かう。

三角巾に割烹着姿のばっちゃが、日の光を背負って立っていた。体の輪郭が強い光に飲まれて曖昧になっている。膝は外側に曲がり腰も曲がり、猫背だ。

その姿に、会いたくないと思ってしまったことが申し訳なくなる。

幸いにも、気分を悟られていないようで、ばっちゃは笑顔を向けてくる。

「みっこちゃん、暇か？」

暇ではない。

「いとま、手っこ貸してけねな？」

「手？」

反射的に視線を下げる。手にしっかりお椀を持ったままだ。

手伝いを断って仕事に戻ったとしても納得いくものができるかどうかわからない。

私は顔を上げた。

「私の手でよければ貸します」

工房に顔を出して、父に、ばっちゃの手伝いへ行ってくると断る。

「おぅ」

あっさりしたものだ。

漆がはねた前掛けや作業着を着替えて、免許証を手に外に出る。外出は……指を折って数える。六日ぶりだ。

ワゴン車の助手席側で、曲がった膝とのバランスを取るかのように腰を反らして後ろ手を組んで待っていたばっちゃを乗せ、ばっちゃの言う古民家の住所をナビに入れる。出発。

「手伝ってほしいずのはよぉ」

古民家で挙げる結婚式の準備だという。文化継承事業の一環で、昭和三十年代の祝言を再現するそうだ。昔は日が暮れてから執り行ったらしい。

「へえ。趣がありますね」

「んだ。再現つっても婿殿も嫁っこも、仲人だのもみんな本物。そいがらよ、市長も来るし、テレビも新聞も来る。わんどが陣頭指揮ば執るんで」

「ばっちゃたちが仕切るんですか。かっこいいですね」

ばっちゃは三角巾からはみ出た髪の毛を、気取った手つきで押し込んだ。

ナビに従ってハンドルを切っていく。弘前の道路は一方通行が多い。車だと遠回りになることもある。枝道をスルーするたびに、徒歩の感覚のばっちゃは「わい。なして今どご入らねがった」とビッグチャンスを逃したみたいにくやしがった。それから、ナビに話しかける。

「ほんに三十メートル先だってか」「いぎなりしゃべんねぐなってまた。どしたばあ。車酔いが？」

ナビは道案内に徹していて一切答えない。

市の中心部から外れた静かな住宅街の一角に、目的の古民家はあった。

木戸門の前に、「安達家　対馬家　御婚礼式」と立て看板がある。

門をくぐる。九月の陽光がさんさんと降り注ぐ敷地内を、穏やかな風が吹き抜けていく。古民家の茅葺屋根はすっきり切り揃えられていた。芝生は刈り込んだ筋目が美しく、青々とした松は手入れが行き届いている。

テレビ局スタッフや新聞記者、市役所の人たちがのどかに立ち話をしていた。紋つき袴の年配の男性や礼服の男性もいる。女性はみな着物姿だ。

開け放たれた玄関から通り土間が奥へと伸びている。藍染の長のれんがひらめくどん詰まりが台所のようだ。玄関左手の縁側から、二間続きの座敷が見える。床の間には、大きな楕円形の唐塗の花器が鎮座していた。男性たちが、その前に金屏風を立てている。女性たちは座椅子や座布団を並べている。

通り土間を進み、のれんを上げると、甘酢の香りや卵が焼ける香りが鼻に届いた。

三十代から八十代くらいの十人ほどの女性たちが、三角巾で頭を包み、割烹着を着て忙しそうに立ち働いている。お母さん、と呼びたくなるような雰囲気があった。

「どうもどうも」

上り口に揃えられていたスリッパに足を入れて、ばっちゃは片手を軽く振りながら上がる。どうもどうも、とお母さんたちが返してくる。

八十代くらいに見える福助人形に似たお母さんが、こちらへにこにこと近づいてきた。

「おー、手伝ってけるずのな。ありがっとうねえ」

「青木美也子と言います。今日はよろしくお願」

「か。こい着て、こい、かぶって」

さっさと割烹着と三角巾を渡される。

「青木さんにゃ、コップだの酒だのの用意と、あとから料理の配膳ばしてもらいて」

「はい」

身につけながら見回す。太い梁が走る天井は低くて、黒い。シンクは水色のタイル張り。ガスレンジには大きな鍋がかかっている。立派な冷蔵庫とスチームレンジ装備。真ん中には食材や調理作業で埋まるステンレスの台。

「みっこちゃん、ちなみに今日のメニューは、あれだ」

吉田のばっちゃが指した先に、壁にメニュー表が張り出されてあった。

一の膳
*白ごはん
*鯛のすまし汁
*ひらめのお造り
*紅白のなます
*なんば漬けと数の子
*さらし鯨ときゅうりのからし酢味噌和え
*酢だこ
*茶碗蒸し
*金時豆の煮豆

二の膳
*真鯛の焼き物
*太巻き
*いなり寿司
*うんぺい

＊豆腐かまぼこ

お母さんたちが盛りつけていく。その器を見てハッとした。

外側は黒地に唐塗の模様。内側は朱色。

私が塗ったものだ。

そういえば、父が先日段ボール箱に詰めていたっけ。ここに届いていたのか。

コップやお猪口を会場となる座敷に運ぶ。名札を首から下げた人たちの指示を受けて並べると、厨房へ取って返す。

「はいはいどいてどいてー、いーぐーよー！」

一人のお母さんが湯気の尾を引いて目の前を横切った。大鍋を抱えてシンクにまっしぐらだ。他のお母さんたちが明るい声を上げて広くどく。まっしぐらなお母さんが鍋を傾け、ざーっと湯を捨てる。辺り一面がミルキーな霧に覆われる。肌触りがいい湯気が頬に触れる。蛇口から水が勢いよくほとばしって、青菜にはね、窓から差しこむ光に水しぶきが反射する。卵を四角いフライパンに流し込む。ジュッと音が立つ。大きな寿司桶で酢飯と紅しょうがを混ぜる。うちわであおぐ。ぐっしょりに含められた油揚げをひっくり返す。海苔巻きを巻く。水音、包丁の音、木製の什器が当たる音、うちわの音、油がはねる音、はつらつとしたやりとりの声、朗らかな笑い声、慌てる声、フォローの声、歩き回る振動、動く空気。

ここには活気と動きがある。全てが「おめでとうおめでとう」している。

お母さんたちが楽しそうで、羨ましくなる。

私は台所の片隅で、足つきのお膳を拭いていく。

「婿さんは二親がねぐなったず」

手を動かしながらお母さんの一人が言う。

「おろぉ。せば今日来るのは」

「おやぐまぎだず」

親戚という意味だ。

「なんたかんた、幸せさなってもらんねばまいねな」

んだんだ、と口を揃えるお母さんたち。私も、んだんだと頷く。

「嫁っこは博物館さお勤めだと」

「うちの息子もとっとと結婚してけねがべか」

「息子さんはなんぼであったっけな」

「はあ……ええっとなんぼだったがな」

「わいは。自分の息子だべ」

「わぁ、自分の齢も忘れでまったのさ、息子のなんちゃ覚えでねよ」

あはははは。笑い声が上がる。

「そいでも働いてらんだべ。それだばい。うぢどこのなんちゃ無職だよ」

「なして。おっきた会社さ勤めでらったびょん」

「潰れでまったさ」

おろぉ……。みんなから同情のため息が漏れる。

「働いてでも、アイドルさ貢ぐもんもいる」

おろぉ……。みんなから同情のため息が漏れる。

「おかちゃの娘っこぉ、たいしたえさ嫁こさ行ったけな」

「さあそれがよ、嫁さ行った先でうまくやれねんで、今は別居中だ」

みんなお互いを見て、複雑な顔になる。私もお母さんたちに交じって顔を見合わせた。

「そんでも、元気だばいがっきゃ」

吉田のばっちゃが言うと、まあそれもそんだねえーと再び空気が穏やかになった。

外のほうから足音がバタバタと駆けてきたかと思ったら、勝手口が勢いよく開いた。風が吹き込み、メニュー表が大きくめくれる。

スーツ姿の男性が顔をつき出した。三十歳前後に見える。

「すみません、花が届きません！」

お母さんたちが手を止めてキョトンとする。

しんとした。鍋の音だけがしている。

誰かが「え」と言った。

それを皮切りにあちこちから「え」「え」「え」と声が上がる。

「花がねえって？」

「手配の行き違いです」

「ねえってこたねえべ。別の花屋さかけ合えばいがっきゃ」

男性が眉を寄せ、首を横に振る。首から下げた名札に『弘前市観光コンベンション協会　清野《きよの》樹《いつき》』とある。

「だめでした。定休日だったり、お忙しくされてたり、アレンジができるスタッフがホテルだの式場だのに出払ってたりして、店に残っているのは留守番だという若いバイトの子たちばかりです」

「お花は残ってるんですか？」

私はつい尋ねていた。

清野さんが私を見る。一瞬、誰、という顔をしたが、すぐに、ぼくが伺った数軒にはありましたと答えた。

「と言っても、ごく一般的なもので、ぼくはあまり花には詳しくないのですが、バラとか、ほら選挙で使う蝶みたいな花とかのそれなりに見栄えのするものは切れていました。あ、菊がありま」

「菊ぁ、まいね」「まいね」

お母さんたちが揃って首を振る。

「アレンジができる方、いませんか？」

お母さんたちが揃って首を振る。

私はスマホを取り出した。

「何とかなるかもしれません」

時刻は午後一時。てことは向こうは朝六時か。おまけに日曜日だ。起きているだろうか。

画面をタップして呼び出す。固唾を飲んで見守るみんなの視線が痛い。

なあにぃ、という太いしゃがれ声とともにユウが現れた。

「よかった、起きててくれて！」

『起こされたのよっ』

「鈴木さんいる？　力を貸してほしいの」

私は状況を手短に説明する。

ユウは途端に顔を輝かせた。

『何その状況、好き！』

画面が大きく動き、部屋をつっ切ってベランダへ向かう。窓越しに鈴木さんの背中がある。観葉植物に水をやっている。

窓が開けられると、鈴木さんが振り向いた。おねえから電話、とスマホ画面が鈴木さんに寄る。ユウが私の説明をそのまま伝える。

鈴木さんはブリキのじょうろを置いた。

『ぼくが勤めていた生花店、覚えてますか。そこに行きましょう』

私は清野さんに向き直った。

「義理の弟が昔勤めていた花屋さんがあります。ご案内します」

通話を切って、割烹着を脱ぐ。清野さんが、車、門の前に停めてます、と駆けだした。

私も続き、木戸門をくぐり出て公用車に乗り込む。シートベルトをバックルに差し込むや否や車は発進した。

雑貨店と洋品店にはさまれたこぢんまりとした生花店では、ガラス窓の向こうで女の子のスタッフが、カウンターにほとんど腹ばいになってスマホをいじっていた。

私たちが入っていくと身を起こし、清野さんを見て瞬きする。

「さっきの……。フラワーアレンジメントができるスタッフはまだ戻ってませんけど」

「今度はいなくても大丈夫ですよ」

清野さんは若干胸を反らせると、肩越しに振り向いて私を見た。私はビデオ通話を再開する。

『店内を見せてもらえますか？』

鈴木さんのリクエストを受けて、スタッフの子に確認する。

「お店の中、撮ってもいいですか？」

彼女は首を傾げた。

「え、あたしバイトなんで、その辺はわかりません」

『トラブルにはなりませんよ。ぼくは六年前に働いていたものです。心配なら、あとにでも鈴木尚が来たって伝えてくだされぱいいです』

「はあ」

バイトの子は面倒くさそうな顔をした。

私はスマホを店内に巡らせる。

「やっぱりバラはなさそうですね。あ、トルコキキョウがありますね」

バラみたいに花びらがフリルになって幾重にも重なっている。

『白のトルコキキョウの花言葉は永遠の愛です。それをあるだけ全部。あとは……』

私はまたスマホで店内をなでる。

『ブルースターがあるじゃないですか。ちょうど時期ですからね。花言葉は幸福な愛です。欧米では、結婚式で花嫁が青いものを身につけると幸せになれると言われているので、ブーケに使われているんですよ』

「清楚な雰囲気の花ですね。あ、これはいかがでしょう」

桃色のガーベラを見つけた。

「菊はダメだって言ってましたよ」

清野さんが口を出す。

『これはガーベラです』

鈴木さんが訂正する。

「え」

『菊ではないです』

「え」

トルコキキョウとブルースターの中にガーベラを混ぜると、途端に華やかさとたおやかさ、明るさが加わった。色や組み合わせって、不思議。

『いいですね。この色の花言葉は、感謝と熱愛です。さてそれから……リキュウソウもあるはずです。花言葉は奥ゆかしさですね』

リキュウソウは、丸みのある柔らかな葉っぱで、透明感のあるライトグリーン。

『ここではこれで十分でしょう。その古民家には松がありませんか？』

「あります」

『いいですね。枝をもらいましょう』

「もらっていいんですか。結構しっかり剪定されてる感じで、形を崩せないいんじゃ」

『尚ちゃんがそう言ってるんだから、きっとそうしたほうがいいのよ』

ユウが画面に映り込む。

『結婚式は新郎新婦が主役よ。松や庭師じゃないの。お花は二人のために作るのよ』

ゆるぎない断言。そういうユウの言葉と口調に、これまで何度助けられてきたか。

「わかった」

大きな花束を後部座席に積むと、車内があっという間にいい香りで満たされた。

助かりました、ありがとうございます、とハンドルを握る清野さんが礼を言う。

「いえ。義弟が花屋さんでよかったです」

わずかに振り向くと、視界の端に花を包む新聞紙が入ってくる。

「ええ、本当にラッキーでした。あとは生けるだけですが、大丈夫でしょうか」

心配する様子に、こちらも不安が顔をもたげたが、深呼吸してそれを振り払った。

「大丈夫です」

断言した。清野さんがこちらを一瞥する。

「義弟と妹がついてますから。せっかくのおめでたいお式なんですもん。最善を尽くしましょう」

清野さんはハンドルを握り直して、はいと返事をした。

古民家には、お婿さん一家が到着していた。市役所の人と段取りを確認している。

「あ、家主さんも見えられましたね」

清野さんが縁側に腰かけている老夫婦に目を留めていた。

「それじゃ松の交渉をしましょう」

私たちは家主のほうへ踏み出す。と、

「あれ、青木さんじゃないですか？」

呼ばれてそちらを振り向くと、紋つき袴のお婿さんが目を丸くしている。

改めて彼を見て、閃いた。

「安達さん？」

前に万年筆の補修をしたお客さんだ。

安達さんが目を細める。

「やっぱり、青木さんだ。ご無沙汰しておりました」

「こちらこそ。その節はご依頼いただきましてありがとうございました。今日の器のご注文もありがとうございます。それにしても驚きました。結婚式の『安達さん』というのは安達さんだったんですね。おめでとうございます」

「ありがとうございます。その安達さんです」

安達さんが笑う。ご親族や役所の人も笑った。

「引き出物を届けてくださったんですか？」

「あ、それはもう先に。今日はお料理の手伝いです」

「そういうこともされてるんですか。お世話になります」

「青木さーん、松、おっけーでーす」

清野さんが頭の上に両手で丸を描きながら小走りに戻ってきた。

私たちはもう一度、安達さんにお祝いを述べると、松のそばへ行く。

鈴木さんに枝を選んでもらって清野さんに切ってもらった。縁側に新聞紙を広げて、鈴木さんの指示を仰ぎながら、床の間にあった唐塗の花器に挿していく。

『花は中央に集めて毬のように。そうそう、いい感じですね』

外側にも挿し、全体的に丸くなるよう、花を押し下げる。

『ああ、そこは力技じゃなくて、斜めから挿せば自然と丸くなりますよ。そしたら隙間をブルースターで埋めましょう』

吸水スポンジに挿す感触が楽しい。

『リキュウソウは花にかぶらないように後ろから左右に流してください』

『こうですか？』

清野さんが、濡れた髪の毛が広がってるみたいで不気味ですね、と深刻な面持ちで呟く。

私は蔓をねじって挿してみた。すぐに戻る。

『無理にねじらなくていいですよ。少し根元をカットして、うねるカーブを上に持ってくるように角度をつけてみてください』

その通りにすると葉っぱが浮き上がり、生き生きとし始めた。

そうか、無理矢理いうことを聞かせなくても、花に任せればうまくいくのか。

生けながら、私の頭の中には漆が浮かんでいた。

『最後に、後ろに松を立てましょう』

ざくりと挿した。

『あっはっは。おっ立っちゃって。ちょんまげみたいっサイコー！』

ユウはさらに爆笑し、鈴木さんの後ろで腹を抱えて笑う。傍らの清野さんは肩に口を押しつけて震えている。

松が後ろにぱたりと倒れた。

鈴木さんが苦笑いして、

『高さを抑えて、一体感が出るようにしましょう。十センチほど切ってください』

『はい』

今度はちょんまげにもならず、しっかり刺さって前方の花束を後押しした。

できあがったものは、花が中央にこんもりと寄り集まり、リキュウソウで軽やかな動きが出、松で高さと奥行きが出て全体がきりりと凛々しくなった。清楚でありながら華やかさを備えている。たおやかで明るく、そこに品格と縁起、爽やかな軽るさが加わっていた。

『あら、いいじゃない』

笑いの尾を引くユウが鈴木さんの肩に顎を乗せて覗き込み、親指を立てた。

お母さん方が料理を運んでくる。

「おろぉー、たいしたきれぇだごどぉ」

私と清野さん、スマホ越しの鈴木さん、ユウは顔を見合わせて笑みをこぼした。

表がさわさわとし始めた。

「嫁こが来たどっ」

吉田のばっちゃが縁側の外を指し、声を弾ませる。テレビ局はカメラを担ぎ、新聞社はカメラを構える。

カメラに映りたそうにしていたばっちゃを、福助人形さんが引っぱって、全員台所に引っ込む。吉田のばっちゃがのれんのスリットから覗いた。それを皮切りに、あけぼの会のみんなものれんに集まる。私も一番後ろからみんなの頭越しに、のれんの隙間から見た。

黒い箱を背中に括りつけた男性に続き、着物姿の女性につき添われた黒引き振袖に角隠し姿の花嫁、年配の男女がしずしずとやってくる。カメラが向けられる。拍手が起こる。

花嫁さんは顔を伏せ、はにかんでいる。唇にぽっちりと注した紅。黒い着物に、赤い紅は私を釘づけにする。なんとあでやかで艶やかで美しいのだろう。

「おしとやかだねえ」

「ああ、花嫁さんはいいもんだ」

あちこちからうっとりとしたため息が聞こえてくる。

「本当にとってもきれいですねえ」

私もつい漏らすと、吉田のばっちゃが私の腕を軽く叩いた。

「次はみっこちゃんの番だ」

親指を立ててニヤリとした。つられて私も笑った。

祝いの唄が朗々と聞こえてくる。

宴が始まった。

お酒を運んでいくと、参列者の会話が耳に入ってきた。

「さすが津軽塗の椀こだじゃ。鯨だのヒラメだのの透き通る白さが映えるもんだぁ」

「料理の色がくっきりしてらね」

「んだんだ。しっかり引き立てるもんだねえ」

あちこちから聞こえてくる。

「こちらの器は、こちらの青木さんが作ったんです」

名前を呼ばれて、私は顔を上げた。床の間を背にした安達さんが私を手のひらで指している。

参列者の目が集まる。私はみんなに向かって頭を下げた。

「本日はおめでとうございます。このような素晴らしいお席で使っていただけたこと大変光栄です。どうもありがとうございます」

「とても素敵な器を作られるんですね。おかげさまで忘れられない記念になりました。胸がいっぱいです。ありがとうございます」

声を震わせたのは、花嫁さんだ。目の周りがほんのり赤く染まりキラキラと光っている。喜んでもらえたようだ。ホッとした。よかった。本当によかった。

私は改めて唐塗に視線を移す。

私が塗ったものだ。私が研いだものだ。

だがそもそもは、漆だからこそ、この美しさになるんだ。漆と、ゆったりとした時の流れがなくちゃ、このたおやかでまろみのある美しさは出てこない。つまり、私だけで完成させるわけではない。そんなのはわかっていたはずじゃないか。だって相手は漆なんだから。

私ができるところ、漆ができるところ。それぞれあるんだ。私が全てをコントロールできるわけもなく、またする必要もなかったのだ。

そう気づいたら、ここしばらく胸に居座っていたモヤモヤしたガスが晴れ始めた。


結婚式から半月。

夕飯を食べていると、表で車のドアが開閉される音が響いた。

「でが、来たな」

酒を啜った父が玄関のほうへ顎をしゃくった。

箸を置いて出ていくと、来客は清野さんだった。

「あ、美也子さん。どうも。あのこれ、先日の打ち合わせで決まったものです」

映画のタイトルが貼りつけられたピンク色のクリアファイルを渡される。

映画の小道具にうちの器が使われることになったのだ。制作会社との橋渡しをするのが清野さんだ。

「ありがとうございます。わざわざ持ってきてくださって。ご足労をおかけしてしまいましたね。次からはメールでも大丈夫ですよ」

これで何回目だろうこのセリフ。

「メールでは失礼なんじゃ」

「そんなことないですよ」

飯時に来られるよりよほどいい。

「他にも回るところがあるんで、ついでと言っては何ですが、お気にせず」

ああ、次も持ってくるんだろうな飯時に。

清野さんが視線をさまよわせる。

「あのー美也子さん。近々時間取れませんか？　ご飯でも食べながら打ち合わせを……」

私のスマホが鳴った。ポケットから取り出してみれば、画面にはユウの表示が出ている。

「あ、すみません。電話来ちゃいました」

「え、あ、それじゃまた。失礼します」

清野さんが玄関戸を閉める。

スマホの通話アイコンを押すと、ユウの顔が画面いっぱいに広がった。

『ハーイ！　今日はロッテルダムに来たわよー』

ユウがこちらに向かって手を振る。

それからスマホを前方へ向ける。目に染みるほど青い空の下、広場を横切る鈴木さんとアルベルトさん、エティさんの後ろ姿がある。

黄色い立方体の部屋がのっかっている建物が映った。住人がくしゃみでもしたらあっという間に転がり落ちそうで見ているだけでぞくぞくする。他にも、宇宙船の骨組みのようなものだったり、階段状の建物というよりもはや際どいジェンガのようなガラス張りの建物だったりが見えてくる。

「近代的で変わった建物が多いね」

『そうよ。青森市のワラッセっていうねぷたの展示施設を設計したのは、オランダ生まれの人だし。ねえ尚ちゃん、青森のさ、ねぷたの施設作った人って誰だったっけー』

『フランク・ラ・リヴィエレさん』

「へえ。そうなんだ。知らなかった」

青森県にいるのに知らない私と、海外にいながら知っているユウ。

「ユウ、鈴木さん、この間はありがとう」

『え？　ああ、日曜の朝六時に叩き起こしてきたことね』

「恨んでるなあ」

『フラワーアレンジメントのことなら気にしないでください。楽しかったですよ』

と、鈴木さん。

「そう言っていただけると救われます。でもそれだけじゃないんです。花を生けながら、私に大事なことを気づかせてくれましたし、鈴木さんとユウは新郎新婦が主役だって教えてくれました。松だの庭師だのじゃないって。それって、漆と私のことでもあったんです」

一番が何かわかっていれば、モヤモヤすることはない。

『ふーん。アタシは覚えてないけど、おねえがよかったのならそれでいいんじゃない。憑き物が落ちたみたいな顔してるし』

と、ユウ。

三つのライトが縦に並んだ信号機が映る。カフェが並んでいる。パラソルが立てられたテラス席で、羽二重餅のようなふくらはぎを露わにした短パンのおじいちゃんが新聞をめくりながらグラスに口をつけている。その足元で小型犬が眠っている。自転車が走り抜ける。男性カップルが腕を組んで通り過ぎていく。街路樹が大らかに揺れている。葉っぱに日差しがちかちかと反射していた。

弘前に注ぐ日差しとオランダに注ぐそれに、違いはあるのだろうか。吹く風は違うのだろうか。

『それで、そっちでの仕事はどんな感じ？』

「ローカル局の番組で放送されたり新聞に載ったりしたから、注文はまた増えてきた。映画の小道具としても使ってもらえるし」

それに合わせて、不調だった仕事がスムーズに流れ出した。そう伝える。

『おねえ、家に閉じこもって漆だけやってたんでしょ？　だから、ちょっと違うことしたのがよかったのよ。外に出れば人に会うし、人に会えば刺激をもらえるもの』

「時間的には『ちょっと』だったけど、その効果はちょっとどころじゃなかったよ。あ、そうそう、それに、おっ父のおかげもあったの」

居間を覗けば、父はテレビを見ながらピンクのいなり寿司を黙々と食べ、時折、酒に口をつけている。

「ばっちゃが口を滑らせたんだけどね、私に結婚式の手伝いをさせてやってくれっておっ父に頼まれたんだって」

『え、どういうこと？』

すっかり白状してから、両手で口をふさいだばっちゃを思い出す。

『あのパパンがそういうことするようになったのねえ』

揶揄を含んだ感慨だ。

若い二人組の男性が話しながら近づいてきた。

と、すれ違いざま、ガタイのいい男がこっちに向かって何かを怒鳴って中指を立てた。もう一人のキャップをかぶった男が鈴木さんに体当たりする。ユウの悲鳴が響く。スマホが大きくぶれる。私はヒヤリとし、胸がずきりと痛んだ。痛みは、小学生のユウが校庭で泣いていた光景を呼び覚ます。

「ユウ！」

ユウを守らなきゃ。

スマホが空を映したかと思ったら周りのビルが見る見る伸び上がっていって、衝撃を受けたところで止まった。そのまま木の幹と、空の大部分を覆う葉っぱの裏を映し続ける。

アルベルトさんの大声がする。エティさんがまくしたてる。

男が怒鳴る。が、それよりさらにどすの利いた声が吠えた。

『ああ⁉　やるってが、この、たふらんけっ』

ユウだ。たふらんけ、は、バカ野郎と相手を罵倒する津軽弁だ。

いつの間にか、周囲のざわめきが膨らんでいる。足音が増えてくる。

『ユウ、落ち着いて。ここは冷静に抗議しよう』

ユウを抑える鈴木さんの声が聞こえる。

ユウは怒りに声を震わせつつも、男たちに何かを言った。

たくさんのブーイングと、それ以上の拍手が沸き起こる。

やがてざわめきが収まっていき、多くの足音が遠ざかっていった。

スマホが拾い上げられる。

「ユウ。どうしたの、何があったの」

『ちょっとしたことよ。時々いるの。アジア人と見るや血圧爆上げする人たちがね』

ゴツイ肩をすくめるユウ。

前に「オランダの人って、フレンドリーなんだね」と羨ましがった私に、ユウは、いろんな人がいるわよ、と言ったのだった。

「さっき、彼らに何て言ったの？」

『アタシたちはここで六年生きている。なぜならネザーランドが好きだから。それなのにそんな言い方をされてアタシはがっかりする。アタシは悲しい。あんたたちは今、ここは故郷だって言ったわね。自分たちが育った国をくだらない行為で貶めないでちょうだい』

訳したユウは夫妻と顔を見合わせ、にこりとする。エティさんがユウの腕を取った。アルベルトさんが鈴木さんの肩に腕を回した。

『――アンチもいればフレンドリーな人もいるわ。そういうものよ』

ユウはもうあの頃のように泣くことはない。

「逞しくなったね」

『逞しいって何よ。どっからどう見てもアタシは可憐な乙女でしょうよっ』

スマホがみしみしと軋む。私は笑った。

守ってあげなくてもユウは自身を守れて味方を得、そしてそこにすっくと立っている。そんなユウを、七時間も時差があるところから守らなきゃと思った自分がおかしくて、また、そう思った自分に安心した。

エティさんがこちらに向かって何か言った。ユウが、あそうね、と頷いてこっちを見る。

『うんぺい届いたわよ。ありがとっ。改めて食べてみるとこれはこれでおいしかったのね。エモいし。みんなで食べたから、あっという間になくなっちゃった。また送ってよ』

ユウも食べたんだ。さらに「ダサい」から「エモい」に変わっている。私は意外に思い、それから、みんなで食べている情景を想像して、しみじみとした気持ちになった。

「わかった。送るよ。……鈴木さん、アルベルトさん、エティさん、これからもユウをどうぞよろしくお願いします」

『こちらこそです』

『ヤ、ナテュアルック！』

夫妻の言葉の意味はわからなかったが、笑顔は素敵だった。

ユウがスマホを掲げ、みんなが顔を寄せ合わせてスマホを見上げる。

『へば』

と、手を振る。津軽弁で「それじゃあ、さよなら」という意味だ。

『へば』

『フェヴァ』

『エバー』

鈴木さん、アルベルトさん、エティさんが続ける。

「へばね」

そう告げて私は電話を切った。

手を振ったユウの顔が私の胸を温める。きっと私が見たかった顔なんだ。

漆風呂から器を取り出す。いつもならもう乾いているはずが、今日はまだだ。

窓の外へ顔を向ける。いつの間にか、降り注ぐ日差しからギラギラとした脂っこさが抜け、精製されたように澄んできらめいていた。青々として硬く張りのあった庭木の葉が、落ち着いたくすみ色になり、乾いて薄くなりかけている。

漆風呂に戻し、温度と湿度を調節する。

大丈夫、漆に任せておけば何も心配いらない。

あとは漆が上手くやってくれる。

了

【参考文献】

『津軽伝承料理』津軽あかつきの会・著　柴田書店
『新編　弘前市史』長谷川成一・監　弘前市岩木総合支所総務課
『岩木川流域の民俗』青森県環境生活部県民生活文化課県史編さんグループ・編　青森県環境生活部県民生活文化課県史編さんグループ
『楽しいがいっぱい！　オランダ・パスカルさん家の手づくり生活』北ヒーリングス優美・著　産業編集センター
『弘前市パートナーシップ宣誓制度 手続きガイドブック』https://www.city.hirosaki.aomori.jp/jouhou/seido/files/202212_guidebook.pdf

【取材協力（敬称略）】
津軽塗職人　白川明美

新版　あとがき

今こうして新たなあとがきを書かせていただいていることに無上の喜びと感謝の念を抱いています。

『ジャパン・ディグニティ』は執筆の世界を知らなかった一〇年前に書き、九年前に出版されたものですが、当時、本に仕上げていく段階で思い知ったのは、一冊の本を作るためには実に多くの方の力が必要で、加筆しては削り加筆しては削りを繰り返していくということです。

こういった工程が津軽塗と重なりました。

その土地に根づいてきたものはその土地の気質を表すのでしょうか。津軽塗は何層も何層も根気強くしっかりと塗り重ねられ、堅牢でありながらふっくらとした艶麗さも持ち合わせており、それはそのまま津軽人の気質を表していると思うのです。

そういった丁寧な仕事から生まれたものは、大切に使いたいと思わせてくれます。大切に使っていれば、お気に入りとなります。お気に入りのものを手入れをして大切に使い続けるというのは、この世でたった一人の自分を大切に使うという意識につながるような気がします。結局は自分自身を大切に扱っていくことに等しいような気がするのです。

私もそういう作品を書いていきたいし、私自身もそうありたいです。

九年間のうちに世の中は目まぐるしく変わり続けてきました。

青木父娘は世の中の流れを見据えながら、津軽塗を塗り続けているのだろうし、ユウはオランダで伝統工芸品を売りさばきながら元気いっぱいに生きているのでしょう。

脈々と受け継がれてきた津軽塗。これから先もずっと生き続けて、日本のみならず世界へ広く知れ渡りますように。

この度、拙作が映画化の運びとなりました。

二〇一四年当時、取材を受けてくださった松山継道さん。映画公開を待たずに旅立たれてしまったことが、本当に残念でなりません。穏やかな語り口と菩薩のような笑みが今でも気持ちを温めてくださり、背を押してくれています。

読者の方、本を作ってくださった方、取材を受け入れてくださった方、表紙の絵を手がけてくださった消しゴムはんこ作家のとみこはんさん、どがつく鬼素人だった頃から、ただの素人になった今でも伴走してくださる心強い編集の福永恵子さん他、多くの方のお力添えをいただき本書を完成させることができました。
心から感謝申し上げます。ありがとうございました。

二〇二三年　夏

高森美由紀

【漆塗用語】

技法

唐塗《からぬり》――津軽地方でもっともポピュラーな塗り。穴を開けたヘラを使って、器物に漆の斑点を付け凹凸の面を作る。石黄《せきおう》（黄と赤の顔料）一回→彩色《さいしき》一回→透漆《すきうるし》一回→妻塗《つまぬり》一回→上塗《うわぬり》六回を塗り重ね、研ぎ出し、摺り漆をし、磨いて仕上げる。

紋紗塗《もんしゃぬり》――紗織りを思わせる柄からその名がついた。炭化した籾殻《もみがら》の粉末を撒いた黒を基調とした塗り。

ななこ塗――模様をつけるために菜の花の種を撒き付けて塗り込み、研ぎ出した塗り。菜種による小さな輪紋の集まりが魚の卵を連想させる模様から、「七々子」「魚子」「菜々子」「斜子」などの文字が当てられている。

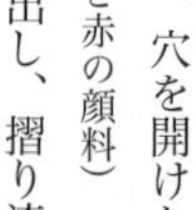
唐塗

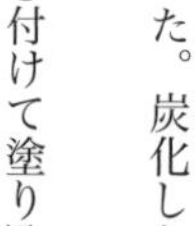
紋紗塗

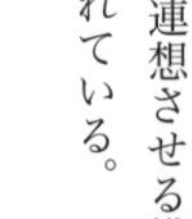
ななこ塗

方法、工程

布着《ぬのき》せ――弁当箱やたんすなどの指物《さしもの》の木地の繋ぎ目を丈夫にするため、生漆《きうるし》（漆の木から採取した無精製の漆）・糊・水を混合して作った接着剤で素地《そじ》へ布（麻布）を貼り付けること。

空研《からと》ぎ――水を使わず研ぐこと。

仕掛《しかけ》――漆を模様を描き出す仕掛ベラで器物へ付着させること。

塗掛《ぬりかけ》――漆を塗り込むこと。仕掛漆が乾いた後に、技法にのっとった色漆《いろうるし》を塗ること。

髙森美由紀 *Miyuki Takamori*

青森県出身。地元で勤務しながら創作活動を続ける。2014年『ジャパン・ディグニティ』で第1回暮らしの小説大賞受賞。2023年「バカ塗りの娘」として映画化。主な作品に『おひさまジャム果風堂』『お手がみください』『みさと町立図書館分館』『みとりし』『ペットシッターちいさなあしあと』『羊毛フェルトの比重』(すべて産業編集センター)、『藍色ちくちく　魔女の菱刺し工房』(中央公論新社)など。

新版ジャパン・ディグニティ

2023年7月18日　第一刷発行

著　者　髙森美由紀

装　画　とみこはん
装　幀　カマベヨシヒコ(ZEN)
編　集　福永恵子(産業編集センター)

発　行　株式会社産業編集センター
〒112-0011
東京都文京区千石 4-39-17

印刷・製本 株式会社シナノパブリッシングプレス

ISBN978-4-86311-373-2　C0093

本書は『ジャパン・ディグニティ』（２０１４年）に加筆修正し、書き下ろしを収録した新版です。

彩色《さいしき》——唐塗時、石黄を塗った後、二色の異なる色漆を塗ること。
彩色漆《さいしきうるし》——透漆《すきうるし》（生漆を精製した漆）に顔料を混ぜたもの。
妻塗《つまぬり》——次の工程で塗る色漆と対比の強い色漆を塗ること。
上《あ》げ塗《ぬり》——唐塗漆器の色の感じが出される工程。この色彩が「唐塗の地色」になる。全面に塗る色漆や透漆を唐塗の「上げ色」と呼ぶ。透漆を塗ることを「呂上げの唐塗」といい、赤色は「赤上げの唐塗」、緑は「青上げの唐塗」などと呼称がつけられている。
上塗《うわぬり》——加飾をしない部分（お椀の内側や重箱の内側など）に塗る工程。最後の仕上塗として、上塗漆をヘラで均等に配り、上塗刷毛でならすようにのばし、全面に均一な厚さに塗布する。
くろめ——生漆から余分な水分を取り除くこと。
水研ぎ——砥石や研磨紙を水で濡らして研ぐこと。

人、道具

木地師《きじし》——椀や盆等の木工品を加工、製造する職人。
塗師《ぬし》——漆を塗る職人。
糊漆《のりうるし》——接着用漆。上新粉を混ぜた漆。
絞漆《しぼうるし》——漆に卵白などの蛋白質を適量加えて、粘りを出したもの。津軽地方では仕《し》掛《かけ》漆《うるし》と呼ぶ。
素《す》黒目《ぐろめ》漆《うるし》——天然の漆が精製され、あめ色の状態になった漆のこと。
マギリ——小刀。